司馬遼太郎がみた世界史

歴史から学ぶとはどういうことか

川原崎剛雄

明石書店

はじめに

記憶するだけでは、学問にはならない。知識群を手がたい方法で分析し、また独自の仮説をうちたて、あたらしい理論を構築しなければならない。今後の日本に必要なのはそういう能力群なのである。

——司馬遼太郎「受験の世」『風塵抄』

司馬遼太郎が伝えたかったこと

司馬遼太郎の思想的営為が、敗戦にあったことは、つとに知られている事実である。かれは、1986(昭和61)年5月からNHK教育テレビで行った連続講演「雑談『昭和』への道」(後に『「昭和」という国家』として、1998年に日本放送出版協会より刊行)で、それを「敗戦はショックでした。(中略)なんとくだらない戦争をしてきたのかと、まず思いました。そして、なんとくだらないことをいろいろしてきた国に生まれたのだろうと思いました。敗戦の日から数日、考え込んでしまったのです。昔の日本人は、もう少しましだったのではないかということが、後に私の日本史への関心になったわけですね」と語っている。

そのかれの関心は、日本史から世界史へと広がってゆく。それは、『街道をゆく*』シリーズに端的にしめされているが、その関心を分類すれば次のようになる。

注:引用箇所のルビについては、読者の読みやすさを考慮し、引用元にない場合も適宜ルビをふった。

*『街道をゆく』:『週刊朝日』に、1971年1月1日から連載が始まった。その後、朝日新聞社から単行本として刊行され(後に文庫)、全43巻。

① モンゴル高原の民族をはじめとする草原の民への関心

② 朝鮮・スペイン（バスク）・アイルランド（ケルト）など、抑圧された民族への共感

③ 中国

その他に、かれの青年時の体験と、かれが1948（昭和23）年、産業経済新聞社に入社し、宗教を担当したことから学び研究した仏教やキリスト教に関する論及、また、文明批評家として多岐にわたる発言をしている。

世界史の想像力

「拡大成長の呪縛をどう断ち切るか――地球資源、人的資源の決定的限界に向き合う」という千葉大学教授、広井良典との対談（『世界』2014年3月号）で、筑波大学大学院教授の田中洋子は次のように語っている。

いま石炭や石油は採りやすい所のほとんどすべてを取り尽くしてしまいました。近年、シェールガスの出現で、成長路線はあと五〇年、一〇〇年は可能だとアメリカは言っていますが、シェールガスを採取するフラッキングという技術は、地下水の汚染や地震を引き起こす可能性もあります。**資源の利用という観点から見たとき、成長はすでに末期的な最終段階に来ているのです。残された資源の採取**

は技術的には不可能ではないにせよ、コストや被害が大きい上に、地球に大きな負荷をかけるやり方しか残っていない。この二〇〇年間の資源の利用によって温暖化や大気汚染が進行し、それが地球規模の気象変化の悪化ももたらしています（太字、引用者）。

この発言を読んで、私はアニメ映画監督の宮崎駿が、「経済繁栄と社会主義国の没落」という混沌の時代のなかで、自分の立ち位置と生き方を確認する知恵を、作家の堀田善衛と司馬遼太郎から得ようと、呼びかけて実現した鼎談『時代の風音（かざおと）』（朝日文芸文庫）での司馬遼太郎の発言を思いだした。司馬は森林を燃やしたために滅んだ文明として、中国の古代文明をあげ、次のように語っている。

> 中国の場合は、華北は漢（前漢BC二〇二～AD八、後漢二五～二二〇）の時代のある時期まで大森林だったという説があるんです。あの殷（?～BC一一〇〇年ごろ）のすばらしい青銅器。その後、鋤（すき）、鍬（くわ）、刀剣がさかんに鋳られました。むろん銅です。
>
> だからすごい量の銅を溶かさなきゃいけない。そのために木を切った。さらに漢の武帝の時代には製鉄がすさまじい勢いで興りました。そのために大量の森林がうしなわれました。それで華北には森がなくなった。

森はなくなったけれども、モンゴルから運ばれてくる黄砂が黄土になる。一ミリぐらいの立方体の中にちょっと水分がはいっているのだそうですね。あれ、不思議な砂なんですって。そのために雨が降らなくても畑作ができるんです。だから、彼らは平気で森林を破壊したとも言えるわけです。

いま、北京付近まで砂漠になりつつあります。砂が乾いて、フライパンで炒っているメリケン粉みたいにカラカラに乾いてきた。だから、水をやってもやってもだめ。北京は近郊農村の蔬菜供給が足りなくて、野菜不足です。それは砂漠化したからです。モンゴル地帯を耕してしまったからです。あそこの土壌は一五センチぐらいしかない。あとは岩です。そんな土壌を耕したら、草原は復活しないわ、岩だらけになるわ……。（中略）

だから、中国人もたいへん偉大な愚行をしたといえます。だからやっぱり**木を切ったら文明は滅びますな**（太字、引用者）。

この発言に続けて、司馬は国土の四分の一以上が海抜ゼロメートル以下のオランダが、二酸化炭素の増加＝地球温暖化＝国土の水没、を阻止するため、自動車の排気ガス規制の国際会議を提唱していること、その提案に日本もアメリカも賛成しないこと、を取り上げ「オランダの提言が新しい文明の主題になるときが数年後にくると思うんです。**抑制こそ文明だという時代が**」と語っている（太字、引用者）。

この田中と司馬遼太郎に共通する意識は、節度のない資源利用は、自然破壊であり、それは人類社会の危機に直結するという意識である。

「わたくし達の時代」＝「ヨーロッパで始まった近代という時代」＝「資本主義の形成、発展、拡大の時代」それに「現在の世界の総ての地域の人間がからめとられている」近代という時代、テリー・イーグルトン*のわかりやすい表現を借りるなら「地球が滅びるか、滅びないかが問題になっているときに、お金儲けこそが大事」（『なぜマルクスは正しかったのか』河出書房新社）という時代、それが現代ではないだろうか（京都議定書にアメリカがサインしなかった理由は、環境保護のための施策は、企業の利益をそこなう、というものであったことを想起されたい）。

そうしたなかで、今、わたしたちは「人類が生き延びていく知恵を発揮できるかどうかの〝岐路〟に立たされるに至っている」のではないだろうか（西川正雄）。

2006年の秋に、高校で必修であるはずの世界史が教えられていないことがあるという事実が判明した問題に関連して、『世界史なんていらない？』（岩波ブックレットNo.714）を著した南塚信吾は、「日本に生きるものにとって世界史は必要なのだ」として、その理由を次の4点あげている。

① 日本が島国であるという事情による。つまり、周りから隔絶されているように見えるので、日本のことだけ考えていればよいという「幻感」に囚（とら）われやす

＊テリー・イーグルトン：アイルランドに生まれ、マルクス主義理論を援用して数多くの文学作品のすぐれた読解を提供した。『文学とは何か』『マルクス主義と文芸批評』などの著作がある。

いこと。

② アジアをはじめ、世界の諸地域の複雑な動きをきちんと見定めて、そのなかで自らの道を見出していくという、複合的な思考を身に着ける必要がある。

③ 自分とは直接接していないが、間接的には一定の影響や関係を持つ人々への「想像力」が、グローバル化の時代と言われる今こそ必要とされている。

④ **現代においては、人類としての使命を考えなければ、地球は滅びてしまうという危機意識が必要であること**（太字、引用者）。

この4点目は、前記した課題と共通である。この全人類的課題に応えるには、どうすればよいのだろうか。

歴史には力がある

そこで、歴史である。日本の世界史教育と教科書の世界史記述を総括し『新しい世界史へ』（岩波新書）を提言されている羽田正は同書で「**歴史には力がある。現実を変える力がある。人々に未来を指し示す力がある**」とし、戦前の日本における皇国史観*＝万世一系の天皇家が統治する大日本帝国は特別である、という史観を信じ日本の侵略戦争が遂行されたことを、その例示としてあげている。その例示であきらかなように、羽田のいう歴史は日本史を含めた、歴史の総体という意味での世界史であり、前出の南塚の場合も同様である。

＊皇国史観：司馬遼太郎は、史観は非常に重要なものだが、史観を横に置いてみなければわからない場合があるとも述べている。それは、史観は歴史を掘り返す土木機械のようなものだが、それ以上ではないからである。日本人が最初にもった史観は、水戸史学――天皇を地上の皇帝ととらえるという考え方で宋学の「尊皇攘夷」論を受けついだものである。日本の天皇というのは、大神主という存在で、中国の皇帝とは質が異なる存在である。それを無視したのが、明治維新である。

この力を持っている歴史から、その力を引き出すために必要なものは、なんであろうか。私は、それは歴史的事実と向き合い対話することのなかにあると思う。

「歴史とは歴史家と事実との間の相互作用の不断の過程であり、現在と過去との間の尽きることを知らぬ対話なのであります」とは、E・H・カー*の名言であるが、過去と対話するということは、何を意味するのであろうか。

いま、社会人として再び世界史を勉強してみよう、と考えている人の大部分は、その世界史の基礎知識は高校時代に勉強した世界史から得たものであろう。ところで、その高校世界史であるが、その現状は、過去との対話を意識したものであろうか。

過去からの脅迫としての歴史勉強

高校で歴史を学んだ多くの生徒にとっての実感は、「歴史＝過去との対話」などではなく、「**覚えろ！　覚えろ！**」**という過去からの脅迫**ではなかったか。

そうした過去からの脅迫について、南塚は前掲書のなかで「日本史にせよ世界史にせよ、高校生が自分の能力を把握する大学受験や模擬試験や校内試験は、ほとんどが、暗記を前提としています。『歴史用語を穴埋めさせたり、些細（ささい）な事実の間違いを指摘させせたりする問題』がほとんどです。だとすれば、**暗記を基礎にした『ゲーム』に生徒は生きているわけです**」とまとめている。

この些細なことを問題にする典型的なものは、大学入試問題であるが、なかでも私

＊E・H・カー：1892-1982。長く外交官生活を続け、退官後大学教授や新聞の論説委員を務めた。ロシア問題の権威として有名であり、『ソヴィエト－ロシア史』が代表作。また、放送の講話『歴史とは何か』は初学者のテキストとして、定評がある。

が予備校や高校の教員として体験した、異常なものをひとつあげてみよう。

1994年度　龍谷大学文学部で出されたインド史の問題

「法顕（ほっけん）（399年にインドにおもむき、仏教を勉強した中国の僧侶）は、その著作『仏国記（ぶっこくき）』のなかでパータリプトラ（インドのグプタ朝の都）をどう呼びましたか」

1、王舎城　　2、華氏城　　3、舎衛城　　4、曲女城　　5、伽耶城

＊　＊　＊

中国には平仮名もカタカナもないから、法顕は現地音を漢字で表記したのであるが、答は2である。1はラージャグリハ、3はジュラーヴァスティー、4はカナウジ、5は朝鮮の任那（みまな）である。

法顕の出発は問題文にあるように、399年であるが、当時の中国は五胡十六国の分裂時代であった。法顕は非漢民族系の王朝に追われて、江南に都を置いた東晋の僧侶であったが、彼の出発時の年齢は64歳であった。『法顕伝（仏国記）』（平凡社東洋文庫）によると、かれは自分が歩いたルートについて、「砂漠では、人を悩ます熱風が頻繁に吹く。それに出逢った人は死に、一人も助からない。空に飛ぶ鳥はなく、地を駆ける動物もいない。遠方を見渡し、目的地を見きわめようとしても、はっきりわか

らない。ただ、死人の白骨を道しるべにするだけであった」と書いている。

　その大砂漠を渡り、極寒の大雪嶺を越えて、インドに行こうとしたのである。かれが長安を出発したときは、他に4人の同行者がいたのであるが、帰国できたのはかれ一人であった。そこまで、苦労してインドに行き、勉強したかれの意思がどこにあったのか、それを突き止めるのが歴史＝「過去との対話」であり、大学入試で本来の歴史を問うつもりならば、このような設問は考えつかないであろう。法顕の意思については、なにもわかりはしない。


　ところで、この法顕を予備校ではどう教えているのだろうか。中国からの渡印僧で、入試に出るのは、法顕・玄奘・義浄*の3人だけである。なぜこの3人だけかというと、この3人は行ったインドの時代が異なり、旅行ルートが異なり、それぞれが旅行記録を書いているからである。そこで、次のような表を書く。

人名	中国の王朝	インドの王朝	往復のルート	旅行記
法顕	東晋	グプタ朝	往路 陸／復路 海路	法顕伝（仏国記）
玄奘	唐	ヴァルダナ朝	往復とも陸路	大唐西域記
義浄	唐	分裂時代	往復とも海路	南海寄帰内法伝

　そして、覚えろとなる。法顕・玄奘・義浄の意図がどこにあったか、などは問題にならない。ひとえにこういう形で入試問題が出る、ということを強調する。

　小川幸司の「世界史教育のありかたを考える――苦役への道は世界史教師の善意でしきつめられている」（『世界史との対話　上』地歴社）では、暗記地獄は当初からのも

＊義浄：唐代の仏教僧で、玄奘の活躍に刺激を受け、インドのナーランダ僧院に学び多くのサンスクリット経典を持ち帰り、漢訳した。また、インドで大乗仏教の勉強をするためには、シュリーヴィジャヤ王国でサンスクリットをマスターすることを奨励している。

のではないとして、1952年に初の世界史検定教科書4点が出された当時の東京大学の入試問題でそれを例証している。

今はまったく違うのである。教科書を100回読めば全部覚えられるとか、山川の『世界史B用語集』の暗記は避けられないとか教育するのである。その結果、受験さえ終われば、世界史よさらば、という生徒や世界史など大嫌い、という生徒を大量に輩出することになる。

なぜ、いま、司馬遼太郎なのか

司馬は晩年(1989年)に、『小学国語　六年　下』(大阪書籍)に「二十一世紀に生きる君たちへ」という文章を書いている。司馬は「歴史から学んだ人間の生き方の基本的なこと」として、「自然こそ不変の価値なのである」といい、それを基準に置いて人間のことを考えなければならない、という。そして、結論を「人間は——くり返すようだが——自然によって生かされてきた。古代でも中世でも自然こそ神々であるとした。このことは、少しも誤っていないのである。歴史の中の人々は、自然をおそれ、その力をあがめ、自分たちの上にあるものとして身をつつしんできた。この態度は、近代や現代に入って少しゆらいだ。——人間こそ、いちばんえらい存在だ。という、思いあがった考えが頭をもたげた。二十世紀という現代は、ある意味では、自然へのおそれがうすくなった時代といっていい」とむすんでいる。

この子どもたちへのメッセージ、「抑制こそ文明」という言葉は、過去との対話をとおして、司馬遼太郎が伝えたかった世界史認識の一つなのである。そうした認識を初めとして、さまざまな認識に、司馬がどう到達したのか、その歩みを追って、かれが伝えたかった世界史を学んでみよう、というのが本書の試みである。

歴史という言葉には、二つの意味があるといわれる。一つは、人類のあゆみのなかで、生起したすべての事柄の総体という意味であり、他は、その総体と人類がどのようにかかわって生きてきたかを追求する、という意味である。

司馬の歴史認識の集大成的位置を占める『街道をゆく』シリーズで取り上げられている事柄は多岐にわたるが、もとよりそれは、生起したすべての事柄にかかわるものではない。総体と人類のかかわりに関する部分的な考察である。だが、その部分的考察は歴史好きな読者にとって、参考になるはずである。

そうした意図から、ある歴史事象にかれが関心を持つにいたった原因、それに対する考察、意見をかれの著作を通して、再現しようと努めた。また、司馬が考察の対象としながらも、かれの視点から抜け落ちている事柄もあえて取り上げた。それは、司馬の考察が絶対的なものではないからである。

また、司馬はその著作のなかで「余談として」という形で、さまざまなエピソードを書いているので、そのひそみにならって、関連する事柄を「コラム」として挿入した。

目次

第3章　環境破壊の世界史――木を切って滅んだ文明

第4章　民族性は存在するのか？――ケルトの島から

第9章 さまざまな普遍――世界史のなかの中国

第10章 朝鮮と日本――一衣帯水の歴史

第1章

視野を広げて
――アイヌ・沖縄の交易圏

世界史の成立の端緒をいつに求めるかについては、さまざまな議論がある。常識的な見解は、教科書などに採用されているいわゆる「大航海時代」を端緒とするものであるが、13世紀のモンゴル帝国の成立、またイスラーム世界の形成などとするものもある。

いずれの見解も、世界の各地域の同時代的横のつながりがどうなったのかが議論の分かれ目である。この議論でわかるように、世界史というのは横のつながりを考える歴史なのである。

この章では、司馬遼太郎が日本の歴史の横のつながり、東・東南アジアとのつながりをどうとらえているかえを、かれの蝦夷錦、アイヌへの関心から見てみる。また、沖縄を視野に入れることによって、東南アジア世界とのつながりも明らかになっていくことを見ていく。

わりあい単一性が高いとされている日本民族・日本語も、遠い古代において雑種だったという考え方に慣れたいためである。

――『オホーツク街道　街道をゆく38』

蝦夷錦

司馬遼太郎は日本中世史家の網野善彦との対談「多様な中世像・日本像」（『対談集東と西』朝日文芸文庫）で次のような話を紹介している。

秀吉が朝鮮侵略をしましたときは、肥前名護屋城（現・佐賀県東松浦郡鎮西町。引用者）が本拠で、徳川家康がしょっちゅうおそばにいた。そこにはるか松前からお殿様がご機嫌伺いにやってきた。そのとき松前の殿様*が錦の胴服を着ておりまして、その錦が普通で見る錦でなくて、非常に精巧ないい感じだったので、「君はいい胴服を着ているね」とかたわらの家康が言ったんですね。松前は家康にもおべっかしておかなきゃいけないので、「これは蝦夷錦というものでございます」といって、早速差し上げたわけです。

*松前の殿様…1593（文禄2）年、蠣崎慶広（かきざきよしひろ）が、豊臣秀吉から所領安堵と蝦夷地交易の統制権を認められ、徳川家康もこれを追認した。文中の殿様は蠣崎慶広をさす。

蝦夷錦は室町時代にすでに現れていると思うんですけれども、そのもとを辿れば、**明朝の漢人が官服を着る。官服はむろん錦ですが、その錦は主として蘇州でつくられる。**蘇州でつくられた官服を北京の人が北京で着ておって、古びたものを長城を越えて遼東――後に日本が満洲とよんだ土地の者に渡し、トゥングース系の土地の人間が人参を持ってくると、これと交換する。それが沿海州にまで及び、沿海州の樺太アイヌが何か物をもってきて――それがコンブであったかどうかわかりませんが――錦をもらう。それが千島のアイヌにまで伝わっていて、千島アイヌがまたその錦をなんらかの交易で樺太アイヌから手に入れる。それが北海道つまり蝦夷本島のアイヌの手に入り、それで松前のお殿様の手に入ると（太字、引用者）。

司馬のこの話は『北海道の諸道　街道をゆく15』ではさらに系統的に語られているが、それは樺太アイヌの交易の話に集中している。

13世紀に成立したモンゴル帝国の版図は、フビライ（クビライ）が大都（北京）を首都に元帝国を宣言したころには、中国本土、モンゴリア、マンチュリア（満州族の地）、朝鮮、ロシア、中央アジア、イランまで広がっていた。そのなかの、マンチュリアからロシアの地域には、黒竜江（アムール川）の河口、今日のニコラエフスク付近に「東征元帥府」を設置した。そして、この地域の狩猟民族に「貢物（みつぎもの）を持って来い。お前たちが持ってきた以上のすばらしいものを呉れてやる」と呼びかけた。その呼びかけに狩猟民族は毛皮でもって応じ、それに対してモンゴルは対価として、蝦夷錦などの官服の支給で応じ、その狩猟民族から樺太アイヌは蝦夷錦を手に入れ、それを松前藩などとの交易に利用した、と司馬は推測している。

司馬はここでは、錦の官服は、蘇州で作られたものと推測している。それは、『オホーツク街道　街道をゆく38』でも同じで、「要するに官服は蘇州で製造される」と言い切っている。が、そこ以外の地域でも作られたことを、杉山正明は『世界の歴史9　大モンゴルの時代』（中央公論社）で紹介している。

モンゴルは、中東から中央アジアにかけて超豪華な特別製品であったこの（錦糸入りの）織物をつくらせるため、チンギス・カンによる中央アジア遠征のさい、サマルカンドの職人をまるごと、家族ぐるみで移住させ、モンゴル本土と中華属領の境界地帯に置いたのである。

この「蝦夷アイヌの交易世界」に対する見方は、学問的にはどうなのか。前出の網野善彦の研究から検証してみよう。

網野は『「日本」とは何か』（『日本の歴史00』講談社）で次のように書いている。

> 活気あふれる交易民だったとされるアイヌは、北はサハリンからアムール川の上流、南は東北北部にわたって、船によりつつ、交易活動を展開し、自らの生活に必要な物資を入手するとともに、北の物品を南に、南の物資を北にもたらした。

> それは（中略）日本海・太平洋の海民の道を通じて展開された列島側の廻船人の海上活動と結びつき、平安末期から中世にかけて、北方の産物の列島への流入に大きな役割を果たしたのである。（中略）昆布はすでに古く「調」（律令制のもとでの税で、地方の特産物で収めた税。引用者）として都に送られていたが、この時期になると交易によって大量に列島各地に流入しており、十四世紀までに若狭はもとより、備中の山中の新見荘の市庭でも、酒の肴として昆布が購入できるほどになっていた。

司馬の見方は史実に沿ったものなのである。司馬は、そうした関心から1991年の9月と翌年の正月に北海道を歩いている。

アイヌへの関心

次の地図は富山県が建設省国土地理院長の承認を得て作成した「環日本海・東アジア諸国図」である。この地図を自著『「日本」とは何か』で掲げた網野善彦は「実態は通常の地図と同じであるが、この地図からうける印象はまことに新鮮で、ふつうの世界地図の中の日本列島とはまったく異なったイメージをうけとることができる」「（日本海）は日本列島、南西諸島の懸け橋としての役割が非常にはっきりと浮かび上がり」とコメントしている。

環日本海・東アジア諸国図

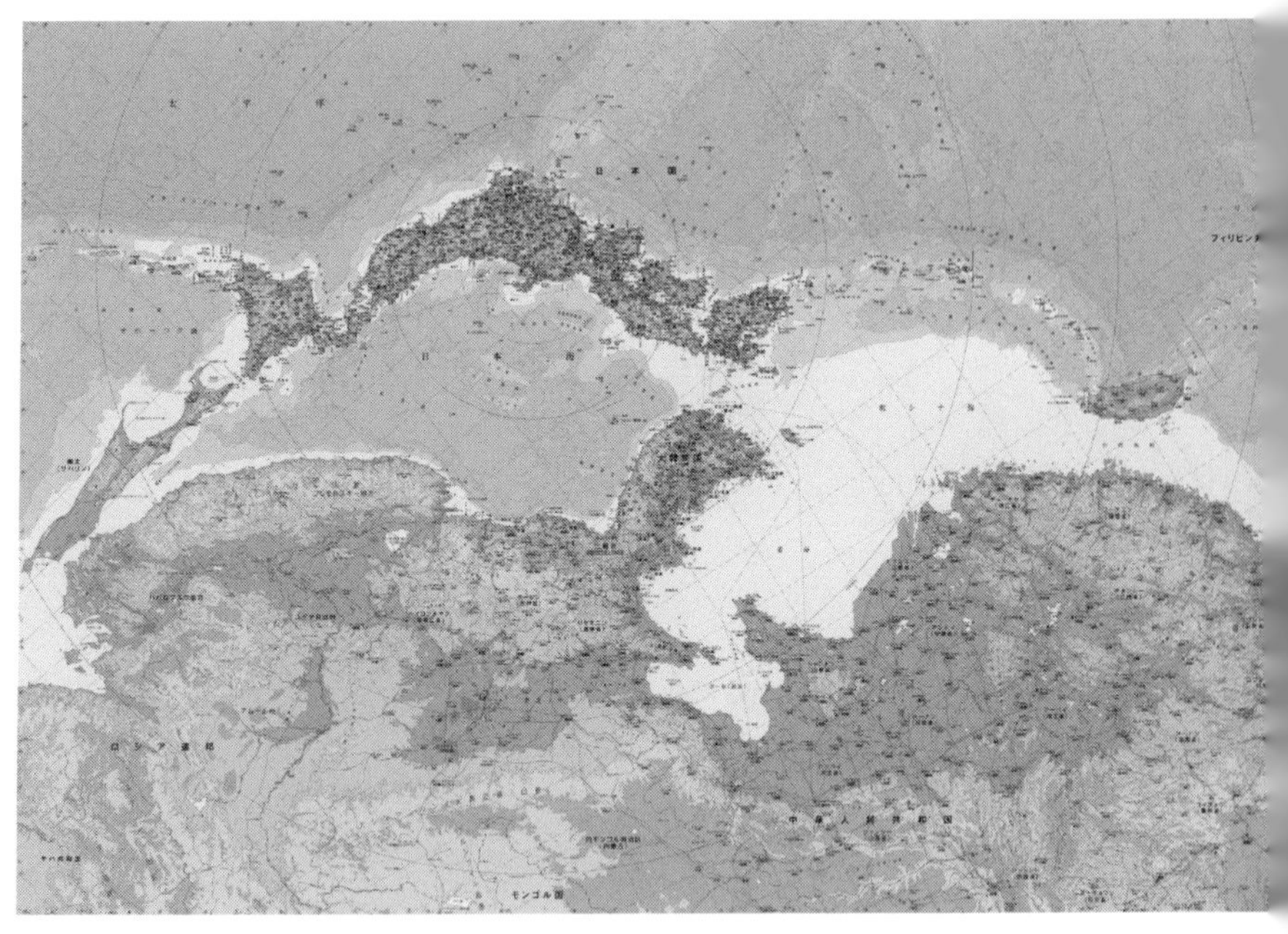

この地図は、富山県が作成した地図（の一部）を転載したものである。
(平 24 情使第 238 号)

そして「船による広域的な活動は縄文時代以前にまで遡る」ことができ、「『日本海』、東シナ海は列島と大陸に囲まれた内海」と考える視点が大切だと語っている。

司馬はこの日本の地理的特徴については注目しており、それを「**われわれが、八重山諸島の最南端から北海道の最北端にいたるまでの島々に住み、その生産文化の内容と形式をきめてきた重要な要素が、古くは沿岸のひとびとから〝黒瀬川〟という親しみをこめた名称でよばれてきたこの暖流といえる**」「日本の島々に住む者には、この黒潮とモンスーンが生活を決定しているのではないかとあらためて思ったりした」（『沖縄・先島への道　街道をゆく6』太字、引用者）と表現している。

司馬の海への関心は、「琉球語と本土語の分岐というのは奈良朝のころからだというのがほぼ定説だし、とすれば沖縄人と本土人は、奈良朝人を共同の先祖とする」「沖縄県人は（中略）言語、生活感覚、物腰、骨格からいって古日本人というべき」（前掲書）という言説であきらかなように、日本のなりたちとかかわったものである。

司馬の北への関心は、アイヌへの関心とむすびついており、それはオホーツク世界史につながっている。

現在までの人類学の研究では、数万年前の後期旧石器時代から縄文時代にかけて日本列島に住んでいた原日本人は、寒冷地適応を受けていない、毛深く彫りの深い顔立ちの原モンゴロイド*で、男性の平均身長は約157センチメートル程度だったと考えられている。

*原モンゴロイド：人類を体の形質の違いによって分類した区分を人種と呼ぶが、言語や風俗などの文化的要素は無関係である。皮膚の色でモンゴロイド、コーカサイド、ネグロイドに分類されるが、現在では混血も進み分類は困難をきわめる。

それに対して、弥生文化をつくったのは、東北アジアで寒冷地適応を経た、一重まぶた、胴長で手足が短い新しいタイプのモンゴロイド集団で、南下して稲作農耕を取り入れ、金属器で武装して、何波にもなって大陸から西南日本に渡来し、稲作文化をつくりあげたと見られている。男性の平均身長は約163センチメートル程度だったと考えられている。その弥生文化をもった人びとが、九州北部から西南日本を中心に勢力を拡大して、日本列島を分断する前に、北海道から琉球まで連続する縄文系の住民がいて混血し、混血の度合いの強い、本州西部・中部の本土日本人と、少ない北海道・本土東北部・琉球人とに分かれていく。*

さらに、北方日本人はその後、続縄文文化、擦文（さつもん）文化などを生み、熊祭りなどをもつオホーツク文化の影響を受けて、一部は13世紀頃からアイヌ文化を形成していく。一方、琉球人とその文化は、中国や東南アジア諸地域、インドなどとの交流を通じて大きく変化し、弥生人のヤマトことばの祖語を受け入れ、九州南部や本土西部にも影響を与えていく。

毛深く彫りの深い顔立ちなど最も目につきやすい表現型でも、アイヌと琉球の人たちが共通していることはよく知られている。

Column アイヌ

アイヌ人が縄文時代のヒトと遺伝的連続性をもつことは、ほぼ間違いないとされている。

＊佐々木高明は、埴原和郎の研究に依拠して、渡来人は縄文時代晩期末ごろ以降１０００年ほどの間に数十万人から百万人の規模に達し、土着の人と混血を重ねながら、ヒトとしての日本人の形成に大きな影響を残したこと、とくに彼らによってもたらされた新しい遺伝的特徴が、近畿地方を中心にした西日本により多く残存し、日本列島の南・北に向かうにつれて、その残存率が少なくなり、北海道のアイヌの人たちや沖縄諸島の人たちのもとでは、渡来人たちの影響はあまりみられない、と言っている（『日本文化の基層を探る』ＮＨＫブックス）

大陸からの渡来人がつくりあげた大和朝廷は、採集・狩猟・漁撈を生業とし熊祭りなどをする「遅れた」人々を「まつらわぬ」者たちとして、差別するようになった。その結果、「まつらわぬ」者たちは、道の奥「みちのく」の蝦夷「エミシ」と虫偏をつけて呼ばれ、征伐の対象とされた。

8〜9世紀には大和朝廷から「征夷使」と呼ばれる軍が派遣され、その指揮官として「征夷大将軍」という称号も生まれた。中央権力による征伐の初期には「エミシ」とされる人々の居住範囲は、現在の新潟県、山形県、宮城県などを含むかなり広い地域にわたっていたと思われるが、稲作に適した気候条件をもつ、とくに日本海側では、縄文人の子孫だったはずの住民も、早くから稲作文化を受け入れ、大和朝廷に帰順したと思われる。

ただ、稲が気候条件に合わなかった北海道では、稲作文化を受容せず、続縄文文化、擦文文化*に、シベリア東部からオホーツク文化の影響も加わって、13世紀ころから独自の狩猟漁撈文化を形成していった北海道の「エミシ」が、中央権力に服従しない異質な民アイヌとして、差別と搾取の対象とされた。

なお「アイヌ」という呼称の成立については、更科源蔵『アイヌと日本人』(NHKブックス)によれば、「えみし=蝦夷」・「えぞ=蝦夷」からきている、としている。

*擦文文化：奈良―平安時代にほぼ並行する北海道の文化。本文にあるように、続縄文文化につながり、アイヌ文化に先行する文化。擦文とは、弥生土器や土師器(はじき)のハケメに相当する土器の表面の整形痕をよぶ。アイヌ文化の先駆とする説と辺境で変貌した本州文化の二説がある。

泡盛のルーツをたどれば

司馬が前掲書で「中世における琉球人の貿易活動はじつに盛んなもので、その行動圏は日本、朝鮮、中国、そして遠く東南アジアにまで及んでいたことは、諸記録をみてもあきらかである」といっている南での活動を、沖縄の代表的な酒、泡盛(あわもり)でみてみよう。

司馬の『沖縄・先島への道』には次の文がある。

食膳の横に、島でつくられた花酒（はなざけ）がサイダーびんのようなものに入れられている。酒精度七〇パーセントという猛烈な泡盛（あわもり）だが、私のような酒の万年素人には、清酒やビールよりも、いっそ蒸留酒の強いほうがいい酔いを得られるように思える。

沖縄も本土も、もともと酒は醸造酒しかなく泡盛のような蒸留酒は、外来のものである。

この泡盛のルーツをたどると、タイの蒸留酒、ラオ・ロン酒に行きつくそうである。その説をとなえたのは昭和初期の沖縄の歴史学者、東恩納寛惇（ひがしおんなかんじゅん）で、タイのバンコクでラオ・ロン酒を飲んだ歴史学者の高良倉吉は「東恩納説に挙手したいほどに実に泡盛によく似た味」と評価している（『琉球の時代』筑摩書房）。泡盛の原料にはタイのインディカ米が使用されている。

蒸留酒の起源は、メソポタミア、エチオピアなどさまざまな説があって定かではないが、インドでは紀元前８００〜７００年ころには作られていたといわれる。その技術が中国に伝わり、焼酎（中国では「火酒」と呼ぶ）が出現するのは元代（げん）（１２７１〜

1368）である。現在でもインドからインドシナ半島の山間部に伝わっている「阿刺吉酒」や中国の雲南から貴州にかけて飲まれている「白酒」はその名残である。

　タイにはメコン川沿いに南下したと考えられている。タイの最初の国家は1220年ころに成立したスコータイ朝であるが、第3代のラーマカムヘン王（在位1279～1316?）のときに急速に成長し、東はメコン川沿岸地方から西は下ビルマ（ミャンマー）のペグーにいたる広大な領域を支配するようになった。

　王は1292年ころから中国の元朝に入貢（中国の皇帝に対して、服属を表すために貢物を持って訪ねること）するようになるが、それにともなってさまざまな中国の技術も伝わった。その技術のなかでも有名なのは製陶技術で、日本でも宋胡録焼の名で知られているが、タイ中部のスワンカローク市の北方60キロのシーサッチャナーライ近郊の窯で14世紀後半に元から導入した技術で焼き始められたと見られている。ラオ・ロン酒をつくる蒸留技術も、同様に元から伝わったのであろう。

　司馬遼太郎に「割って、城を」という「宋胡録」をテーマにした短編小説がある。小説のなかでは「南溟（南方の大海。引用者）にほどちかく、暹羅という黒人国がある。わが南北朝のころ、暹羅王　某が明の陶工をつれて帰って宋胡録（スワンカローク）という土地で窯をひらかせ」という説明になっている。

　このスコータイ朝は、14世紀のなかごろ、南方に台頭してきたアユタヤ朝に勢力を奪われ、1438年に併合されてしまう。森口豁の『沖縄近い昔の旅』（凱風社）では、琉球がタイと通商を始めるのは1400年代になってからとなっているので、通商相手はアユタヤ朝の商人たちであったと思われるが、そのころに泡盛製造も始まったと考えられる。

琉球が主導した東アジアの貿易

ところで、この通商は琉球の主導のもとで始められた。14世紀の初めころから琉球では**中山**（ちゅうざん）、**南山**（なんざん）、**北山**（ほくざん）の三山対立が続いていたが、中山の実権を握った尚巴志（しょうはし）が、北山、南山を倒して1429年に全島を統一した。この三山対立時代に、それぞれの国の王は1368年に成立した明（みん）朝に入貢していた。

明は成立した4年後に使節団を琉球に派遣し、入貢を促した。儒教国家である中国では、徳治が理想とされ、皇帝が最高の徳治者とみなされた。その皇帝の徳の広がりを入貢（朝貢）する国の数ではかるのである。そうした一般的事情に加えて「琉球の馬（小型の馬）と硫黄がほしかった」という事情があった。

明は元をモンゴル高原に駆逐して建国されたが、モンゴルは中国再侵入の機会をうかがっており、それへの備え（そな）として火薬の原料となる硫黄と運搬用の馬が必要であった。琉球馬は小型であったが、耐久力にすぐれていた（高良倉吉『琉球王国』岩波新書）。

この明の事情は、琉球にとって好都合であった。海に囲まれた琉球では海外との交易が発展の原動力であり、交易を国家経営の基盤にすえていたため、三山対立時代のそれぞれの入貢回数は、中山42回、北山11回、南山24回となっている（外間守善『沖縄の歴史と文化』中公新書）。

こうした琉球側の事情は、明の対外政策によってさらに好転することになった。明は成立直後の１３７１年に海禁策を発した。これは当時跳梁の激しかった海賊行為を働く倭寇*対策として出されたもので、外国船の往来、中国人の海外渡航や外国との交易、大型船の建造・所有、漁業活動を制限したものであったが、同時に明は朝貢貿易を促し、政府による外国貿易の独占を意図していた。

それは、朝貢国に対して勘合符を発給し、それを持つ者とのみ貿易を認める、という様式で行われた。許可された朝貢船の使節や随員の滞在費は明の負担であり、朝貢国に対しては価格以上の代金が支払われた（王者の徳を示す必要があった）。また、使節に同行した商人たちが滞在期間に滞在地の商人と行う取引は認められた。

勘合符は１３８３年のシャム（タイ）、チャンパ（ヴェトナム南部にあったチャム人の国）、カンボジアをかわきりに、50余国に発給された。この海禁策は、それまで中国・朝鮮・日本を結ぶ東アジア交易に大きな役割を果たしてきた中国商人の活動を大きく制約することとなった。中継貿易を担う新しい商人が必要とされるようになり、それを琉球商人が担った。

高良倉吉の『琉球の時代』によれば、入貢船は2年に1度の割合で、１回につき２～４隻が派遣された。この定期的な進貢以外にも、新しく中国皇帝が即位したときや

＊倭寇：14～16世紀に朝鮮半島や中国大陸沿岸をおそった海賊に対する朝鮮・中国側の呼称である。14～15世紀の前期倭寇と16世紀の後期倭寇に分けられるが、後期倭寇の中心は中国人で、原因は明の海禁策にある、と考えられている。司馬遼太郎の最後の長編小説『韃靼疾風録』（中央公論社）は、平戸を本拠地にした後期倭寇を題材にしたものである。

琉球国王冊封に対する恩謝などの名目で船が出され、その合計は2位の安南（ヴェトナム中部にあった国）が89回であるのに対し、１７１回と群を抜いている（足利義満の勘合貿易は19回である）。

琉球とタイとの交易は、現在の首都であるバンコクから北へ65キロにあるアユタヤの郊外で行われた。日本史に出てくる山田長政（?～１６３０〈寛永７〉年）の名前で知られる日本人町もそこに位置している。琉球船は１４２５年以降、毎年貿易に訪れており、公式の記録では１５７０年までの１４０年余で58回に及んでいるが、そうしたもの以外にも船は派遣されており、高良は「毎年平均一隻の使船をシャムに派遣していたと見て大過あるまい」と書いている。また、タイの船も琉球を訪れている。

昨今大きな問題となっている米軍普天間基地の移設問題で、政府側との会談の場に県知事室が使われたさい、知事室に大きな屏風があり、そこに漢文が書かれているのをテレビ映像で見た人も多いと思う。漢文は沖縄県立博物館所蔵の「万国津梁之鐘」に刻まれている銘文（１４８５年）を模写したものであるが、その最初の部分は「琉球国は南海の勝地にして、三韓の秀を鍾め、大明を以て輔車となし、日域を以て脣歯となす。此の二中間に在りて湧出するところの蓬莱島なり。舟楫を以て万国の津梁となし、異産至宝は十万刹に充満せり」（琉球国は南海の景勝の地にあって、朝鮮のすぐれたところを集め、中国と日本とは非常に親密な関係にある。この日中の間にあって、湧き出る理想の島である。船をもって万国の架け橋となり、珍しい宝はいたるところに満ちている）となっている。外間守善は前掲書で「海外に雄飛して異産至宝を集め、理想的な平和蓬莱島たらんとする気宇と気魄が伝わってくる」と評しているが、まさに当を得た評価といえる。

海が日本列島＝「**八重山諸島の最南端から北海道の最北端**」と南西諸島、東南アジア、東アジアをむすぶ架け橋となっているのが、実感できるのではないだろうか。

前掲の『沖縄近い昔の旅』によれば、沖縄では1997年夏に「気の合った者同士で一口一〇〇〇円ずつ出し合い、沖縄の全銘柄をブレンドした古酒をつくって一〇〇年後にみんなで飲もう」という会が結成されたそうである。

結成のきっかけは「戦争さえなければ、いまごろは五〇年もの、一〇〇年ものの古酒が呑めたはずなのに……」という那覇市安里の居酒屋「うりずん」の常連客のつぶやきにあったという。そのつぶやきに「それならいまから一〇〇年ものの古酒づくりをはじめよう……」「これは平和運動だ。この先一〇〇年、沖縄が平和であってこそできることだ」という声があがり、会の結成となった。会への参加を呼びかけるチラシの末尾は「古の先人の遺した古酒文化を子々孫々へ伝承すると共に、世界の平和に貢献することを目的とします」となっており、この呼びかけに1年で3000余人が応えた。

「負担軽減」などと言いながら、新基地建設を強行し、対米従属を党是とする政党の政治家は、この沖縄の声をどう聞くのであろうか。

第2章 シャカが創始したのは？

――仏教から考える

この章では、戦後体制の積極的な擁護者であった司馬遼太郎の思想に、仏教が与えた影響について考察する。

司馬の思想的営為が戦争体験にあったことは前述したが、かれの思想的営為は戦争体験と結びついた仏教――親鸞と浄土真宗――への関心から始まっている。それを釈迦の創始したそもそもの仏教から検討する。

釈迦にとっての最高の観念は、神ではなく、空（くう）でした。その修行法はみずから空（くう）になることによって解脱しようとしました。

——「日本仏教小論」『以下、無用のことながら』

「人生哲学」としての仏教

司馬遼太郎は中学校が浄土宗系の学校であったこともあって、仏教への関心は早くからあったが、本格的な関心は、１９４３（昭和18）年、学徒動員された時「学生にとって卒業というものは、学生服を単に軍服に着替えるだけの、いわば、人生の門出どころか、卒業即入営、しかも数カ月の訓練期間もそこそこに激戦地に送られ、程もなく同窓会名簿に黒線を入れられるというまるで葬列への出発と同義語であった」時期に始まった（「それでも、死はやってくる」『司馬遼太郎が考えたこと1』新潮社）。

そうした心境から、かれは親鸞に興味をもち「歎異抄（たんにしょう）*を読み、教行信証（きょうぎょうしんしょう）*を読み、手に入るだけの親鸞教説の解説書」を読み、熱心な念仏行者であった中学時代の先生を訪ね、教えをこうている。

そして「ここは親鸞聖人にだまされてもいいやという気になって、これでいこう」

と思い、戦地でも「(『歎異抄』を)肌身離さず持っていて、暇さえあれば読んで」いたのである(『司馬遼太郎全講演[1]』朝日新聞社)。後年、かれはこの時に学んだ仏教思想が「二十歳(はたち)前後からの自分の支え」(『春灯雑記』朝日新聞社)となったと回顧している。

戦後の混乱期、「飯を食うことばかりに一所懸命になっていた時期」に忘れていた親鸞への関心が再びよみがえるのは、1948(昭和23)年に産業経済新聞社に入社し、京都支局で大学と宗教を担当してからである。記者としての必要性から学んだものであろうが、その仏教研究は水準の高い、本格的なものであった。かれの学んだ親鸞は、浄土真宗の開祖であり、浄土真宗は大乗仏教系の信仰である。

さてこの仏教であるが、高校や予備校での授業で教えるのに困ったものの一つである。それは、**仏教をシャカ(釈迦、仏陀)が創始した宗教であるとする記述である。**生徒がよく使用している山川出版社の『世界史B用語集』では、

「**仏教　前5世紀頃シャカが始めた宗教。**徹底した無常観に立ち、**八正道**の実践と*四諦(したい)(生老(しょうろう)病死の四苦から離脱する正しい認識方法)による解脱を説いた。ヴァルナ制を否定し、慈悲の心と人間の平等を説いた。クシャトリヤをはじめヴァイシャからも支持された」(太字、引用者)と説明し、八正道については「シャカが説いた実践修行の方法。正見・正思・正語・正業・正命・正精進・正念・正定をいう」となっている。

この記述からは、シャカの始めたのは宗教ということになるが、これが宗教とは何

*歎異抄:著者は唯円(ゆいえん)とされる。本文18章のうちの前半は親鸞の語録。他力本願や悪人正機など親鸞自身の信仰告白をつたえている、とされている。「善人なをもて往生をとぐ、いはんや悪人をや」は、歎異抄の中の有名な親鸞の言葉であるが、親鸞のこの言葉に悪人であることに無自覚な不信仰者でも往生できるのだから、信仰者の往生は当然である、という悪人正因説をみる、立場もある。明治以降、清沢満之らの重視によって普及した。

*教行信証:浄土真宗の根本聖典で親鸞の著作で全6巻とされる。1224(元仁1)年、成立とされるが確証はない。教・行・信・証・真仏土・化身土の6部からなりたつ。

か、という定義にあわないのである。村上重良『世界宗教辞典』(講談社)は、「宗教は、人間の力、自然の力を超えた存在を中心とする観念であり、この観念ないし観念体系に基づく教義、儀式、施設、組織などをそなえた社会集団であると定義できよう」と解説している。そして、シャカの言説について「人間は、人生と世界について無知であるために苦が生じるが、正しい実践によって正しくものをとらえる知恵(般若)を得れば、無我の境地に入り、涅槃寂静の世界に到達することができる」と説くものと解説している。この説明によれば、**シャカの始めたものは、宗教ではなく「人生哲学」というべきものになる。**

ここで、司馬の説明を聞いてみよう。かれはシャカの創始したものは、「宗教というよりも近代的な意味での思弁性が高かった。呪術性もなければ、仏像という偶像ももたなかった。すずやかで、純度の高い形而上の世界」を問題にしたものであったという。そして、シャカの説いた思想の核心は「我(私なら私という者のしん)を問題にし、〝我〟は固体的実体ではなく、仮のものだとした。ところがその仮のものを〝固体的実体〟だと思いこむことから、煩悩が生まれる。だから〝我〟を無くすべし、〝無我〟こそ、宇宙の原理(仏)に一体化してゆくための実践の道」と解説している。まさしく、シャカが説いたものは人生哲学である。

宗教社会学者の松尾剛次が、ジュニアのために書いた『仏教入門』(岩波ジュニア新書)では、「仏教というのは、仏陀の教えであるとともに、仏陀になるための教えで

*ヴァルナ制:古代インドにおいて、バラモン、クシャトリヤ、ヴァイシャ、シュードラの四種姓による身分制度で、ガンジス川移動以降に形成されたとされる。われわれが普通、カースト制と呼ぶのは、このヴァルナ制にジャーティ姓を加味したものである。

もあります」「仏陀の悟りの境地をどうしたら得られるか、についての教えなのです」と解説している。まさしく、仏陀になるための人生哲学である。

私は、授業ではシャカは宗教を創始したのではない、と教えることにしている。

それでは、釈迦の創始したものが、仏教と呼ばれる宗教に変化するのはいつからなのか。

宗教になるのは、大乗仏教から

紀元前後からシャカの教説の信奉者のなかから、新しい動きが出てくる。司馬はそれを「釈迦は解脱つまりサトリの方法を教えたが、とても自分たち平凡な者がサトリをひらけるものではない。それよりサトリをひらいた人（如来、という。引用者）をほめたたえ、礼拝しよう」という気運があったからだと説明し、その教義について『阿弥陀経』（西域のクチャ出身の僧、鳩摩羅什が翻訳した仏典で、極楽世界の様子をのべたもの）によれば、西方、十万億土に、人間の救済をその固有のねがい（本願）としている阿弥陀如来がいて、その阿弥陀如来は「ひとびとが私（阿弥陀如来）の名をたとえ十遍でもとなえるなら、西方十万億仏土に往かせ、そこで、生れさせよう（往生）」と考えている存在であり、それを信じること、と説明している。つまり、「みずからの力によらず、仏の力によって救われる」と考えるのが、大乗仏教の核心である、ということになる（この部分、「日本仏教小論――伝来から親鸞まで」『以下、無用のことながら』文藝春秋、『この国のかたち　三』文藝春秋による)。

松尾剛次の前掲書では、「この世界では仏陀は亡くなったが、この世界とは別の世界が無数にあり、そこでは別の仏陀が活動している」なかでも「阿弥陀仏は、広大な慈悲によって衆生を救おうという誓願をたて、それが成就して極楽世界ができたのであるから、阿弥陀仏の求める行をなせば誰でも死後容易に極楽浄土へ生まれ直すことができる」信仰、と説明されている。これで、宗教になったのである。

司馬の親鸞への傾倒が意味するものはなんであろうか。末木文美士は『日本仏教史』(新潮文庫)で、戦後の鎌倉新仏教研究は、法然から親鸞に連なる浄土教研究を中心に進められたが、そこには「戦時中の苦い経験への反省」から、法然*と親鸞が「国家や、国家と一体化した旧仏教からのさまざまな弾圧に屈せず、民衆中心の立場を貫いた」ことへの共感があったからだと解説している。

司馬は、憲法をはじめとして、戦後体制の肯定者であった。親鸞に傾倒した精神が継承されているのであろう。

玄奘三蔵

ところで、高校世界史の授業でどの程度教えるかは別にして、中国史の唐代をやると、仏法を求めて627(629)年、都の長安を出立した玄奘が、有名な『西遊

＊法然：1133-1212。浄土宗の開祖とされる人。15歳で比叡山延暦寺で受戒。『往生要集』を読んで、浄土教に傾斜し専修念仏へ転入した。以後、比叡山を下りて京都の所々に住み、貴族の帰依も受けた。

記』[*]の三蔵法師のモデルである、という程度のことは習う。

『西遊記』のなかの三蔵法師は、じつに弱々しい。いつも観音様にすがって泣いてばかりいる存在である。『西遊記』の主人公は、三蔵法師を助ける孫悟空であるから、強い三蔵法師では、物語が成立しなくなるから「弱虫、泣き虫」にされたが、これはかれの実像とはかけはなれている。

三蔵法師というのは固有名詞ではなく、一種の称号である。かれの名前は玄奘である。仏教では、経典を

(1) 仏陀の言葉を表す、スートラ（経）
(2) 仏陀が規定した出家教団の運営規則、ヴィナヤ（律）
(3) スートラの内容を後人が体系的に整理し、発展させた論書、シャーストラまたはアビダルマ（論）

の3つに分類し、これらを総称して「三蔵（蔵は「かご＝倉」の意）」と呼んでいる。その「三蔵」を知悉する者の意味で、「三蔵法師」が使用される。

かれがインドに行くときに通った道は、天山山脈を経由する西域北道（天山南路）と呼ばれるルートだった。このルートは法顕が通った道と同じで、オアシスからオアシスの間が、最低でも3日はかかるという過酷なものであった。オアシスを移動するあいだは、当然野宿である。かれは『西遊記』では馬に乗っているが、実際に馬は連れていたが、乗るためのものではなく、水を運ぶためのものであり、自身は徒歩で

＊西遊記：明代に成立した口語体の小説。呉承恩の作とされる。玄奘三蔵のインド旅行中、孫悟空らが奇抜な変幻術を身に付け三蔵法師を守る話。

あった。そんなかれが弱虫であるはずがない。その実像は、身長180センチで眉目秀麗の好男子（イケメン）であった（かれを描いた絵は現存している）。
玄奘がインドを目指して長安を出発したのは、627年か629年のいずれかであるが、唐の建国（618年）直後であり、その実態は密出国であった。インドでのかれは、ナーランダー寺院で学び、インド各地の名師をたずねて学問を深め、645年に帰国した。かれが持ち帰った経典や仏像を運ぶには、馬22頭が必要であった、といわれている。

玄奘が持ち帰った経典は、太宗と高宗による国家規模の万全の支援体制を背景に訳経が行われた。かれが訳した経典は「大般若波羅蜜多経」をはじめとして、75部、1335巻に達する。お経のなかでも日本でもっとも知られている「般若心経*」も、このときにかれが訳したものである。

さて「観自在菩薩（求道者にして聖なる観音は）」で始まるこの短いお経のなかに、有名な「色即是空　空即是色」という言葉がある。読経のさいには、ルビの部分を棒読みにするが、書き下し文にすると「色は即ちこれ空　空は即ちこれ色」となり、意味は「およそ物質的現象というものは、すべて実体がないことである。およそ実体がないということは、物質的現象なのである」ということである。この玄奘訳は新訳とされている。

ここで、まったくの余談であるが、「色即是空」を英訳するとどうなるか。作家の

＊般若心経：正式には「般若波羅蜜多心教」という。膨大な般若経典類を集約したもので、奈良時代から写経された、とされる。般若は梵語の音写で慧などと訳すが、一切の事物・道理を明らかにとらえる、悟りの智慧をあらわす。このエピソードを参考にして、是非とも「色即是空　空即是色」の意味は間違えないでほしい。

藤本義一が「幕末太陽伝」などで有名な映画監督、川島雄三の「色即是空」についてのエピソードを紹介している。ある映画のシナリオをようやく書き終えた川島が、シナリオが書かれた朱とボールペンの青で染まる250枚の原稿用紙を印刷屋に渡すときである。

「表紙は、淡いブルーで、色即是空と書いて下さい。色即是空、これを英語でね。英語ですぞ」「へえー、シキソクゼクーウー」印刷屋の小僧はけげんな顔になった。しきりにインキの付いた太い指で鼻梁（びりょう）をこすりあげて、おれに助けを求める仕草（しぐさ）をした。「色即是空を英語でいえばどういうのですか。色情というのは、インフォマニアとでもいうのですか」「いや、そんなのではないのです。〝オール・オア・ナッシング〟。わかりますな。英語で淡く浮かびあがるように印刷して下さいよ」。

この「オール・オア・ナッシング」、まさにいい得て妙、と私は思うのだが、読者はいかがだろうか（一般的な英訳は、all visible things are vain である）。

唐の都であった長安は、現在の西安である。そして、西安を訪れる日本人観光客がほぼ全員見学に行くのが、慈恩寺にある大雁塔（だいがんとう）である。慈恩寺は、高宗が皇太子時代に生母を供養するために建てたもので、現存する建物はそれを明代に再建したものである。いっぽう大雁塔は、慈恩寺建立の6年後に、玄奘が持ち帰った経典を納めるために建てられた、高さ60メートルの方形七層の塔である。

ところで、埼玉県岩槻市にも慈恩寺という天台宗のお寺がある。坂東三十三か所観音巡礼の第12番札所にもなっているお寺で、参拝客も多い。このお寺にある霊骨塔に玄奘の遺骨が納められている。

なぜ玄奘の遺骨が日本にあるのだろうか。これは、日中戦争のさなかの1942年、南京に侵攻した日本軍は玄奘の墓を発見し（北宋の時代に頭骨だけ、南京に改葬されていた）、日本がつくった南京のカイライ政府の首班にした汪兆銘から贈られたという名目で、日本に持ち帰ったのだ。戦争犯罪である。

Column 鑑真和上

司馬遼太郎の直接の言及はないが、仏教がらみで唐招提寺の鑑真和上にかかわるエピソードを紹介する。世界史は、視野を広げて同時代の横のつながりを考えると前述したが、これは同じ唐代の日本にかかわる話である。

鑑真は、入唐僧の招請により来日を決意し、5回渡航に失敗したが、754（天平勝宝6）年、67歳で入国した。入国したとき、かれは失明していた。鑑真の伝記である『東征伝』に「時に和上、頻りに炎熱を経て、眼光暗昧なり。ここに胡人ありて、能く目を治すという。遂に療治を加えるに、眼遂に明を失せり」と記されている。

この鑑真を治療したのは胡人である。その胡人について、司馬の友人であった陳舜臣が考察している。唐代の中国最大の貿易港であった広州（広東）には、多数のアラビア人やペルシア人が来航していた。875～884年の黄巣の乱のおり、広東に侵入した黄巣軍に蛮坊（坊というのは、周囲を城壁で囲まれた居住区。蛮は南方系の異民族。引用者）で十万余が殺されたといわれている。

陳は治療した胡人が、アラビア人かペルシア人なのかはわからないが、鑑真の入国には「西域とのつながり」がある、と言う。鑑真とともに日本に来たのは、24人いたが、そのうちの3人は胡国人・コンロン国人・チャンパ国人（チャンパは現在のヴェトナム南部にあった国で、中国では林邑とか占城とか表記された）であった。

そのなかのコンロン（崑崙）国人とは、現在の崑崙山脈とは関係なく、マライ半島、ジャワ、スマトラ、セレベスあたりの出身者を指す言葉である。そのコンロン国人の軍法力は唐招提寺の講堂にある丈六の弥勒像と脇侍菩薩像の作者とつたえられている。この二つは天平宝宇年間の作と推定され、唐招提寺最古の仏像である。また、胡国人の如宝は、鑑真没後の唐招提寺の事実上の後継者となった。こうして見てくると、たしかに西域や東南アジアとのつながりが連想される。

第3章

環境破壊の世界史

――木を切って滅んだ文明

司馬遼太郎には、文明の衰退や停滞の背景に森林を切ったことがある、という発想がある。それはかれの「自然こそ不変の価値なのである」という思想に裏打ちされたものであるが、それをこの章では追求する。

最初のインダス文明については、司馬の言及はないが今日の研究成果をもとに、考えてみる。

自然こそ不変の価値なのである。

——「二十一世紀に生きる君たちへ」

『小学国語　六年　下』

インダス文明の謎

司馬遼太郎は『南蛮のみちⅡ　街道をゆく23』で「私には、『森林と文明の停頓』という年来の妄想がある」と書いている。その「妄想」から「木を切って滅んだ」とかれが考えるさまざまな文明について、あちこちで言及している。例えば「はじめに」で紹介した黄河文明の衰退に関する言及もその一つである。

かれはインド史については、関心がなかったらしく、仏教関連で多少の言及はあるが、他には見られない。「木を切って滅んだ文明」のさいたるものは、インダス文明である、という論がある。

インドの古代文明に関する教科書の一般的説明は、次のようなものである。

インド亜大陸(あたいりく)でもっとも古い文明は、前2300年ころにおこった**インダス文**

> **明**である。インダス川流域の**モエンジョ＝ダーロ**や**ハラッパー**を代表とするそれらの遺跡には、沐浴場や穀物倉をそなえた煉瓦づくりの都市がひろがっている。そこでは、現在でも解読されていないインダス文字が使われていた。また、多くの印章や、ろくろでつくられた彩文土器が発見されている（山川出版社『詳説世界史B』2011年版、太字原文）。

この記述のなかではふれられていないが、いわゆる大河の流域で発生した古代文明のなかで、領域が最も大きいのがインダス文明である。インダス文明の領域は東西1600km、南北1400kmにおよぶ。この広大な領域を二分するかのように、北にハラッパー、南にモエンジョ・ダーロの二大都市遺跡があるのであるが、その周辺には多数の都市遺跡が存在する。

モエンジョ・ダーロもハラッパーも計画的設計に基づいて作られた都市であると高校世界史では、習うのであるが、そうであるなら最盛時の人口が3万人程度と推測されているモエンジョ・ダーロでは、都市ができあがるまで人々は、どこに住んでいたのか、という疑問がわくのであるが、社会人向けの啓蒙書『面白いほどよくわかる世界史』（鈴木旭・石川理夫著、日本文芸社）では、「もともと農耕の集落だったのが、高度な技を身につけた職人たちが住み着き、河川領域と海路、陸路を通じて交易網が広がるにつれ、商業の町、交易都市となった」と説明している。

もともとあった集落が大きくなった、という説明であるが、はたしてそうであろうか。

モエンジョ・ダーロには、その周辺にすくなくとも17の主要都市があり、ハラッパーには14の主要都市が存在しているが、モエンジョ・ダーロとハラッパーの間には、その他にも約300の都市遺跡が発見されており、その90％は村落程度のものである。

インダス川流域の河川平野で肥沃な土壌と豊富な水を利用して、大麦・小麦・綿花を中心とする農耕が始まったのは、前3000年頃と考えられているが、水はメソポタミアのように大規模な運河に蓄えられたのではなく、簡単な石を積んだ堰のようなものに蓄えられた*。したがって、川の流れが洪水などによって変われば、簡単に棄てられた。それが、多数の村落程度の集落が存在する理由である（中島健一『河川文明の生態史観』校倉書房）。

人々は都市が完成するまでの間、ほかの場所で生活していたのである。

このインダス文明の衰退原因について、中島は前掲書で、レンガをあげている。モエンジョ・ダーロやハラッパーは、その周辺都市も含めてすべて、縦、横、高さが4：2：1に規格化された焼成レンガで建てられている（メソポタミアは、土を天日で乾かした日干しレンガ）。**レンガを焼くのに用いられたのは、インダス川流域の森林で**あった。**数多くの計画都市の建設で、インダス川流域の森林は燃やしつくされ、森林の消滅が異常な氾濫や河川流路の変化を引き起こし、大地の乾燥化を推進したのであ**

＊メソポタミアでは、前4000年から前3400年のあいだに大河の水を直接利用する貯留式灌漑＝溜池（ベイスン灌漑）が開発されている。また、チグリス・ユーフラテスの洪水は大量の土を運んでくるため、浚渫（しゅんせつ）が欠かせない。その浚渫のためにも、強大な王権が必要であった。また、都市ももともとあった村落程度の集落が次第に拡張されて、形成された、と考えられている。

る。それが、インダス文明衰退の背景である、と中島は推測している。

この中島の説明は、国際的に自然環境保護の運動家たちには注目されているらしいが、決定的な説得力はないらしい（山崎元一『世界の歴史3　古代インドの文明と社会』中央公論社）。

歴史の勉強というのは、さまざまな疑問を持って、それを解決するために過去と対話することだから、さまざまな仮説を立てて、検証しようとするのは、大切なのである。中島のような見解は、十分に検討に価するのである。

中国の古代文明

「はじめに」で紹介した、司馬の中国の古代文明が森林を燃やして滅んだ、という見解は史実に照らしてどうなのであろうか。

まず現状であるが、モンゴル時代史・中央ユーラシア史の研究家、杉山正明は「興安嶺の東麓、マンチュリア平原（中国では東北平原という）にくだってゆくなだらかな『大斜面』は、かつて牧民たちの住地であった。（中略）清朝の衰えとともに、農民たちが北上した。牧区から牧農区、さらに農耕区へと、わずか一世紀半ほどのあいだにはげしく変化した。いまは、**中国北部の多くの地域とおなじように、粗放な農耕の結果である沙漠化の進行をどういとめるかが焦眉の問題となっている**」（『遊牧民から見た世界史』日本経済新聞社、太字、引用者）と書いているので、司馬の指摘は事実である。

そして、「森林を燃やして」とする見解であるが、技術史家の山田慶兒は「漢代においては、製鉄は製塩とともに国家の独占事業であり、全国の主要な産鉄地には鉄官がおかれていた。この時代には、製鉄用の燃料としては主として木炭がつかわれた」、また銅や鉄の精錬には中国、朝鮮、日本ではくぬぎの木が利用され、それで焼かれる炭は「質もよくカロリーも高かった」と述べているので司馬の見方は妥当なものなのであろう（『制作する行為としての技術』朝日新聞社）。

Column 黄土層の住居

古代の住居といえば、日本の各地で復元されている竪穴式住居が、そこには木がふんだんに利用されているのが連想されると思うが、中国の黄土層の住居はどんなものであったろうか。

杜甫の足跡を訪ねて『杜甫の旅』（新潮選書）をまとめた田川純三は次のように紹介している。

窰洞（ヤオトン）は、黄河流域の風土を特徴づける黄土台地に広く一般的につくられている住居で、現在では約四千万人がこのような窰洞で暮らしている。タイプは大別して二種ある。一つは黄土の断崖を横に掘りぬいたもので、山懸（やまかけ）式とよばれ、杜甫の生家はこのタイプである。もう一つは下沈（かちん）式とよばれるもので、平坦な黄土の大地を縦に掘り込み、その四つの壁面を横に掘りぬいて室をつくる。（中略）

黄土地帯の冬の寒さは厳しく、炕（カン）（オンドル。引用者）はそれに備えたものだが、いわば地中の住居である窰洞は、それ自体、冬は暖かく夏は涼しい。

司馬は1975（昭和50）年、訪中日本作家代表団の一員として日中文化交流協会より派遣されて中国を訪問しているが、そのさい抗日戦争中の共産党の根拠地、延安を訪ねたおり、そこで窰洞を見て感想を書いている。

最初、延安五万の人口というが、それにしては家の数がすくなすぎる、と思ってまわりの山肌を見ると、山肌にアーチ型の穴があいていて、目をこらして眺めてみると、それが無数にあった。よほど高い所にもあり、子供が出たり入ったりしている穴もあった。

はじめは、内心、穴居時代がまだつづいているのかと思い――事実そうだが――そのことで延安という土地の凄味と、それを平然と包んでいる中国の途方もない広さと文化性の多様さに胆（きも）をつぶすほどのおどろきを覚えた。スペインでもゴヤ*のうまれた土地ではまだ穴居の家がたくさんあるそうだが、延安の山々の横腹を穿（うが）って高層ビルの窓のように見えるこの景観をみて、人類の暮らしというものはまことに多様なものだという荘厳な思いが先立った（『長安から北京へ』中公文庫）。

朝鮮の禿山

『韓のくに紀行　街道をゆく2』で、司馬は朝鮮の禿山（はげやま）について「むかしから朝鮮

＊ゴヤ：1746-1828。スペイン、ロマン主義の画家に属するが写実的な表現に特色があり、フランスのアンドレ・マルローが現代絵画の祖としたのは、有名な話である。堀田善衛の評伝4部作は傑作である。また「5月3日」は傑作として名高い。

の特徴のひとつに禿山があげられる。（中略）この韓国旅行中も、山々が捨てられているようで、土地利用からみて、ひどくもったいない気がした。上古には朝鮮の山々には樹木がしげっていたにちがいなく、新羅の全盛期にはその王都の慶州の民家のほとんどが瓦ぶき（いまは、かやぶき）であったという。それだけの瓦を生産するには豊富な薪が要るから山には樹があったであろう。その後、いつのほどからか冬季の燃料のために乱伐され、そのあと植林されることがなかったにちがいない」と書いている。

司馬はこの禿山がよほど気になったらしく、『甲賀と伊賀のみち、砂鉄のみちほか街道をゆく7』で、その原因を追求している。ここでは、『韓のくに紀行』において「瓦を焼くための薪・冬季の燃料」としての樹木の伐採ではないか、としていた原因を「古代朝鮮の金属文化の高さを思うと、かならずしも採煖用の伐採だけが原因でなかった」のではないか、として『管子』（中国の春秋時代、斉の国の管仲が著したとされる著）の「山木ヲキリ、山鉄ヲ鼓ス」などを手掛かりに考察を進めている。

まず「東アジアの製鉄は、ヨーロッパが古代から鉱石によるものだったのに対し、主として砂鉄によった」こと、砂鉄を含む花崗岩や石英粗面岩からそれを溶かすには、熱効率のいい江戸中期の方法によっても「砂鉄から千二百貫の鉄を得るのに四千貫の木炭をつかった。四千貫の木炭といえば、ひと山をまる裸にするまで木を伐らねばならない」と推測している。

朝鮮の禿山の原因が、司馬の指摘どおりなのかは別にして、鉄を作るのに莫大な木材を必要とした、ということの指摘は事実である。考古学者の森浩一の対談集『古代技術の復権』(小学館)で、清水欣吾(古代の鉄製品の成分分析も行っている専門家)は、和鋼(玉鋼)は、砂鉄を原料にし、タタラ炉に砂鉄と木炭を入れて加熱し木炭を還元しながら鋼(和鋼)を作るのが伝統的な手法である、と語っている。日本の鉄器技術が朝鮮半島経由であったこと、日本が任那(みまな)に執着したのは鉄産地であったこと、などを想起されたい。

「森林と文明の停滞という年来の妄想」という司馬の関心は、ギリシア・スペイン・イギリスに関しても述べられているが、その関心は「はじめに」で紹介した近代や現代に入ってゆらいできた「人間は、自然によって生かされてきた」という視点の保持が、人類史の出発点であるべきだ、ということではないだろうか。

キリスト教は環境破壊の元凶

ところで、次の問題は、1990年の一橋大学の世界史の入試問題である。腕に覚えのある人は、是非挑戦してみていただきたい。

「聖フランチェスコを理解する鍵(かぎ)は、個人としてだけでなく、類としての人間が持つべき謙遜（けんそん）の徳に対する信念である。聖フランチェスコは人間が被造物（ひぞうぶつ）に対して専制君主として振舞（ふるま）うことを拒否し、神の全ての被造物の民主主義を築こうとした。……今まさに進行しつつある地球の環境の崩壊は、西欧の中世世界に始まる精力的な科学と技術の発展の産物であり、それに対して聖フランチェスコは彼独特の仕方で反抗したのであった。科学と技術の成長は、キリスト教の教義に深く根差している自然に対する態度を無視しては歴史的に理解できないのである」（リン・ホワイト・ジュニア『機械と神』）

設問　筆者は、キリスト教が科学と技術ならびに自然との関係にどのような結果をもたらしたと考えているか、２００字以内で述べよ。

筆者のリン・ホワイト・ジュニアは当時、カリフォルニア大学の歴史学教授で、引用されている『機械と神――生態学的危機の歴史的根源』は、１９７２年にみすず書房から翻訳が出されている（一橋大の問題文とは訳文は異なる）。

聖フランチェスコは、かれの組織した托鉢（たくはつ）修道会*とともに世界史の授業で普通に習う有名人で、アメリカのサン・フランシスコをはじめ、かれの名を冠した地名や施設はいたるところにある。フランチェスコ（１１８１頃～１２２６）は、イタリアのアッシジの人で、かれが小鳥に説教している絵が載っている教科書もある。

託鉢とは仏教用語で「僧が家々を回り、経文(きょうもん)を唱えて、手にもった鉢にほどこしを受ける修行＝乞食行(こつじきぎょう)」をいう。都会ではあまり見かけられなくなったが、お寺の多い地域では、今でも見うけられる。

カトリック教会の腐敗が、誰の目にも明らかになった13世紀に、労働＝富の源泉、を否定し、清貧を旨としてイタリアやフランスで組織された都市型の修道会が、託鉢修道会である。

先の問題の答のポイントは『旧約聖書』の「創世記」にある「**神はこのように、人をご自身のかたちに創造された**」＝「**人は神の似姿**」という点にある。

さて、リン・ホワイト・ジュニアは次のように論を展開する。

○ 人間のやり方の変化がしばしば非人間的な自然に影響を及ぼす。例えば、自動車の到来が、かつてどの道にも散乱していた馬糞(ばふん)で生きていた莫大な数の雀の群れを消してしまったといわれている。

○ 近代技術も近代科学も、ともにはっきりと〈西洋〉のものであるということ。

○ われわれの技術的また科学的運動の両方が〈西洋〉中世から出発し、その性格を獲得し、世界支配をなしとげたのであるから、基本的な中世の前提と発展とを検討することなしには、両者の本性、あるいは両者のいまの生態系にたいする衝撃を理解することはできないように思われる。

○　物理的創造のうちのどの一項目をとっても、それは人間のために仕（つか）えるという以外の目的はもってはいない。そして人間の身体は粘土（ねんど）から作られたけれども、**人間は自然のたんなる一部ではない。人間は神の像を象（かたど）って作られているのである。……人は神の自然にたいする超越性を大いに分けもっている。**キリスト教は古代の異教やアジアの宗教（おそらくゾロアスター教は別として）とまったく正反対に、人と自然の二元論をうちたてただけでなく、**人は自分のために自然を搾取することが神の意志であると主張したのであった。**

○　われわれの社会では、キリスト教の基礎的な価値にとって代わるべき新しい一組の価値が認められたことがない。したがってわれわれは、**自然は人間に仕える以外はなんの存在理由もないというキリスト教の公理を斥（しりぞ）け**られるまで、生態学上の危機はいっそう深められつづけるであろう。

○　聖フランチェスコはそうした公理に対して、人間をも含むすべての被造物の平等性という考えをおこうと試みた。結果は失敗であった。

　この問題が出題された当時、一橋大学の教授であった阿部謹也は「キリスト教の場合は人間が中心であって、動植物は無視されます。したがってリン・ホワイト・ジュニアという科学史家は、まさにキリスト教のこの人間中心主義が自然を人間のために使いはたし、自然に対する畏敬（いけい）の念を育てなかったために現在の公害の原点になったとまでいっています。**それは基本的には正しいといわざるをえないと思います**」（『西洋中世の男と女』ちくま学芸文庫、太字、引用者）と言って、このリン・ホワイト・ジュニアの考え方を支持している。確かに理屈の問題ではあるが、キリスト教が環境破壊の原動力となっているのはうなずけるが、では非キリスト教国の中国やインドはどうなのか、という問題は残る。

第4章

民族性は存在するのか?

——ケルトの島から

この章では、ギリシア・ローマ文化とキリスト教によってできあがっているとされる西欧世界に、キリスト教だけでできあがっているアイルランドをとりあげる。

そのアイルランドはイギリスによって、徹底的に痛めつけられ、それがアイルランド気質を形成しているが、その気質を維持することが、アイルランドにとって、良いものなのかを考える。

ごく一般的にいって、民族的気質など実在するものかどうかという私のふだんの疑問から出ている。

――『愛蘭土紀行Ⅰ　街道をゆく30』

ローマ帝国はこなかったが、キリスト教はきた

われわれが、普通、西欧と呼んでいる地域はライン川とロワール川にはさまれた地域をさす。国としては、フランス・ドイツ・オランダ・ベルギー・ルクセンブルク・スイスと両川の延長線上にあるイギリス・アイルランドなどが含まれる。

司馬遼太郎の『愛蘭土（アイルランド）紀行Ⅰ　街道をゆく30』は「ヨーロッパは、その人文を一枚の岩盤でみることができる。しかし同時に多様でもある」で始めている。「一枚の岩盤」については、かれは『オランダ紀行　街道をゆく35』で詳しく語っているが、その要点は、まずギリシア・ローマという大文明の栄光があって、その文明に浴しない諸民族――ケルト人やゲルマン人など――が森や野や海岸に住み、ローマとはおよそ落差のひどすぎる野蛮未開の段階にあったが、やがてローマ文明が「帝国主義（収奪の機構）という形をとり、他民族の居住地を占領していった。未開民族にとっては

〝地上唯一〟のこの帝国に占領されることによって文明に浴したといっていい」が、「一枚の岩盤」の第一で、要するにギリシア・ローマ文化である。

ついで「キリスト教（カトリック）が登場」し「四世紀末には、この教えがローマ帝国の国教になるのだが、その当時、聖職者たちがどんな田舎に行っても、『ローマからきた』と、ひとこと言うだけで、ひとびとにローマ文明の輝きを背後に感じさせたにちがいない」「やがてローマ帝国がほろび、キリスト教が、その文明のかがやきを継承する」ので「一枚の岩盤」の第二はキリスト教である。

それが、ヨーロッパの岩盤であるとすれば、アイルランドには「古代ローマはやって来なかった」という認識から出発せざるをえない、と司馬は言う。

しかし、岩盤の一つを欠いているケルト人の島、アイルランドにも「ローマに本山を置くカトリックが（むろんシーザーよりずっとのちながら）やってきた」のである。

それも、特異な形をとって。

Column 西ヨーロッパのキリスト教化

この地域にキリスト教が根付くのは11～13世紀のことである（阿部謹也『甦える中世ヨーロッパ』日本エディタースクール出版部）。その契機になったのは、10世紀末に始まる「神の平和」「神の休戦」運動の開始であった。

この地域の中小の封建諸侯は年中、他人の財産を求めて戦争をしかけ、略奪を働いた。王権が弱体なため教会が「紛争の解決は個々人の決闘ではなく、法によって行われなければばならない」と主張し、「神の平和」運動を展開した。しかし、決闘は根絶できず「神の休戦」運動を起こすことになった。

「神の休戦」運動とは、1週間のうち、水曜日の夕方から月曜日の朝までを、個々人の間の紛争を解決するための決闘を禁止する運動であった。目的は、教会や修道院の所領を防衛することにあったが、武器や財産をもたない農民や貧民をも保護することになり、教会への信頼が高まり、信者が増えていった。聖書にラテン語版しかなく、そのラテン語は初歩を習得するだけで、7年かかるとされた時代に、村の下級聖職者（18世紀末のフランス革命のときの三部会を構成した聖職者の90％は、村在住の下級聖職者であった）で聖書を読める人などほとんどいなかった。おまけに、印刷術も紙もなく、書物は羊皮紙に書写しなければならなかった。「神とイエスと聖霊は一体」などと言っても、わかる人などいなかった。

信者が増えていったのは、前述したような運動と修道士の厳しい日常生活（修道士は毎日、4～5時間の祈り、6～7時間の農耕・園芸・建築・書写などが義務づけられていた）を見た人びとが感化されたからである。

これはイスラーム教の場合も同様であった。イスラーム世界では、10世紀ころから、都市の職人や農民のなかに、それまでのスンナ派イスラームの形式主義への批判から、神との一体感を求め、宗教的で敬虔な生活を送るため、集団で修行するスーフィー信仰*が広まった。この人たちの生活を見て、イスラーム信仰は広まったのである。

余談になるが「コーヒールンバ」という歌謡曲があった。かなり普及して何人もの歌手が歌った曲であるが、出だしは「昔、アラブの偉いお坊さんが」であった。イスラーム教は、お坊さん＝聖職者の存在を認めていないので、正確には神学者となるのであろうが、イメージとすれば間違っていないであろう。

スーフィー教徒は、寝る間も惜しんで修行するために、コーヒーを飲み、それが一般に

＊スーフィー信仰：本文中に集団で修行したという表現があるが、シャイフ（導師）を中核として教団を結成し、禁欲的修行により神との一体化をめざした。辺境地帯のイスラーム化のうえで果たした役割は大きい。

普及したのである。

信仰に帰依していった信者の気持ちを、自身、カトリックの孤児院から大学に進学した作家の井上ひさしは、戯曲『道元*の冒険』新潮社の「あとがき」に以下のように書いている。

> わたしが信じたのは、遙かな東方の異郷へやって来て、孤児たちの夕餉をすこしでも豊かにしようと、荒地を耕し人糞を撒き、手を汚し爪の先に土と糞をこびりつかせ、野菜を作る外国の師父たちであり、母国の修道会本部から修道服を新調するようにと送られてくる羅紗の布地を、孤児たちのための学生服に流用し、依然として自分たちは、手垢と脂汗と摩擦でてかてかに光り、継ぎの当った修道服で通した修道士たちだった。

＊道元：1200-1253。鎌倉時代前期の禅僧。1223年に宋に入り禅を学ぶ。人々に座禅を強固に進めたため、追われ、越前の大仏寺を永平寺と改め、ここで激しい修行を積んだ。出家至上主義の傾向はあるが、明治天皇からは承陽大師の称号がおくられた。代表的著作に『正法眼蔵』がある。

異教の神とキリスト教

ある民族、ある社会は独自の文化を持っているが、それが異なる文化と接触した場合に当然のことながら、混乱や対立＝文化摩擦が起きる。その後に、二つの文化は①相互文化をそのまま受容する、②変形ないし融合させ、③伝統文化と共存させる、という対応をとる。

一神教のキリスト教と多神教のゲルマン人の信仰の場合はどうなったのであろうか。大江一道は「(ローマ教会は) キリスト教が許せない異教の文化は断固拒否し、抹殺をはかった。その抹殺とは、ゲルマンの神々の思い出を改宗者に忘れさせるだけでなく、神々を悪魔に変身させ、地獄の呪いの淵に叩きこむことであった」と言っている（『入門　世界歴史の読み方』日本実業出版社）。

その例として大江は、いまはメーデーで知られる5月1日は、ゲルマン神話の主神ヴォーダンを首領とする、馬に乗った狩猟の神々の軍団が、夜の行進を行う聖なる日と考えられていたのが、キリスト教によって神々は魔女に変身させられ、そして、その日は魔女たちが各地から空中を飛んできて、真夜中、人里離れたところに集まって、飲んで騒ぐ「魔女の宴会」がおこなわれる日に変えられた、ことをあげている。

しかし、その方法がすべてうまくいったわけではなかった。そこで、601年、教皇グレゴリウス1世は、宗教儀礼や祭礼にゲルマン信仰を吸収していくという方針を打ち出し、異教の神々の祭儀が行われる場所に教会を建てさせるなどした。

菩提樹は、愛と優しさのシンボルとして、ドイツ人の生活に欠かせない聖なる木だが、古代のゲルマン人は、これを女神フリッガに捧げた。この信仰は、キリスト教が広がるなかで聖母マリア崇拝と結びついていった。マリアのお告げで菩提樹のそばに礼拝堂や教会が立ったという話がいくつも生まれた。そして、この菩提樹の下で、裁判や祭、結婚式や忠誠の誓いなどの神聖な行事が行われた。

司馬は、そうしたキリスト教会の方針は熟知していて「キリスト教にせよ仏教にせよ、普遍的な大宗教によって土俗の神々は窮地に追いこまれるが、中国では道教*によって土俗神が保護された。日本では神道が仏教との折りあいをつけて、社殿という

＊道教：老荘思想・神仙思想などに後漢末の五斗米道や太平道などの民間信仰が合流し、仏教に影響を受けて成立した。

御殿さえあたえられた。そのあたり、キリスト教はきびしい。五世紀の聖パトリック以来、キリスト教はアイルランドにかぎって土俗ドルイド*の神々に寛大だったが、それでもかれらは殿舎に入れられることなく、曠野（こうや）や森、あるいは古代の墓場に住むにまかせられた。さらには、キリスト教の神に対してはあわれなほどおびえつづけた」と書いている（『愛蘭土紀行Ⅱ　街道をゆく31』）。

*ドルイド：キリスト教に改宗する以前のアイルランドで信仰されていた土俗的信仰で、教説内容は不詳だが霊魂の転生の観念をふくんでいた、とされる。

アイルランドでのキリスト教布教と聖パトリック

「アイルランドには資源はないが、妖精（フェアリー）だけはいっぱいいる。これほどの妖精大国は、ＥＣ諸国のなかにはないのではないか」、この「私どもが信じなければ生存しえない」妖精との共存を可能にしたのが、アイルランドの守護聖人パトリック（３８７頃～４６１）だと司馬は言う。

（パトリックは）ふしぎな宣教者だった。絶対神とその厳格な教義を押しつけることなく、土着のドルイド教の神々を大きく認めてしまうようなことをしたのである。そのことが、土着のひとびとのキリスト教受容を容易にした。おかげで、アイルランドの土着の神々が、妖精として生き残った（『愛蘭土紀行Ⅰ　街道をゆく30』）。

この司馬の指摘にあるように、アイルランドのキリスト教化は聖パトリックによるが、それは、他の地域に比べて著しく早い。かれが教皇からアイルランド宣教を委託され、司教となり、他の数名の宣教師とともにアイルランドに入ったのは、439年（46歳頃）である。以後、およそ30年間の活動でほとんど全島のケルト人を改宗させ、350人以上の司教を叙階したとされる。

このかれが活動した時代は、西ローマ帝国は滅亡に瀕しており（476年滅亡）、ローマ教会を保護してくれる国はなかった。聖ベネディクトゥスがモンテ・カッシーノに「主への奉仕の学校」として修道院を建てたのは、パトリックが活動した時代より60年ほど後の529年であるが、修道士に「労働と定住」を義務づけたのは、保護者がいないなかでの経済的自立をはかったからであった。

パトリックが修行したのは、南ガリア（南フランス）のレラン修道院で、この修道制がかれによって、アイルランドに伝えられた。そのパトリックの時代の修道院の遺跡を見学したときの様子を司馬は次のように書いている。

（案内人が）さし示した石積みの家は、小人の家のように小さい。大人がかがんでやっと入れるが、家の中で立つということは不可能に近く、すわるか寝るか以外の動作をゆるさない規模のものである。

こういう家（僧坊）が、このあたりのあちこちに散在しており、帰路に見た僧坊の跡などは、畳ならやっと二畳半といったような広さである（『愛蘭土紀行Ⅱ』）。

これがアイルランドのキリスト教の特徴になるということは、同じケルト人の居住地であるブルターニュと比較するとよくわかる。

ブルターニュにキリスト教を布教したのは、アイルランド系の宣教師であったので、ドルイド教的信仰はそのままにされた。ところが、ブルターニュが16世紀にフランス王国に統合されると、イエズス会などの宣教師団は、それまでのケルト的信仰と妥協してきたキリスト教の刷新をはかった。

具体的には、16世紀後半から大鎌と槍をもつ恐ろしい死神アンクウ伝説を広めだし、その無気味な死神への恐怖をテコに、ケルト的信仰を抹殺してキリスト教信仰を民衆の内面に徹底させ始めた。民話・伝説・彫刻・墓地の囲い込み化などさまざまな手段が活用され、古いケルト的伝統は、その後400年の間に消滅していった（大江一道『入門　世界歴史の読み方』）。

そうした政策は、キリスト教会の常套手段であった。それをよく示すのが、教会の玄関上部の壁や入口にモンスターを配置したことで、それは古代ゲルマン人のモンスターをキリスト教のなかに組み込んだというイメージであった（阿部謹也『甦る中世ヨーロッパ』日本エディタースクール出版部）。

Column クリスマス

異教の神とキリスト教との関連では、クリスマスをはずすことはできない。キリスト教の創始者、イエス・キリスト（ジーザーズ・クライスト）は、ガラリヤ（現在のイスラエル）に生まれた。研究の結果、かれが生まれた年が西暦元年でないことはわかっている。紀元前4年以前なのは確実とされるが、定説はない。また、死んだ年についても、紀元30年といわれるが確定していない。生没年が不明なのに、誕生日だけが12月25日、クリスマスで定着しているのは、なぜだろうか。

イギリス史が専門の浜林正夫の『魔女の社会史』（未来社）によれば、世界で最初にクリスマスを祝った国はイギリスで、異教徒との戦いに勝ち、ヨークの町を占領したアーサー王が、521年12月25日にキリスト教の祝祭としてクリスマスを祝ったのが始まりである、という。

クリスマス以前のイギリスでは、12月25日はミトラ教（ゾロアスター教の流れをくむ、太陽神信仰の宗教で、ローマ帝政期に流行した。引用者）の**冬至の祝祭の日**であった。ツリーとして飾られた木も、モミではなくヤドリギだった。また、25日から年あけ6日の主顕祭まで暖炉で大きなたきぎを燃やしつづけるのも、ミトラ教信仰のなごりである、と浜林はしている。

一方、植田重雄『ヨーロッパ歳時記』（岩波新書）によれば「（クリスマスが）十二月二十五日となったのは、三二五年、ニーカイア宗教会議で、神・キリスト・聖霊の三位一体説が決定したのちである。それ以前には一月六日を『大いなる新年』としてキリストの誕生を祝っていた時代がある。ローマの太陽暦にもとづいて一月一日を天地創造のはじまりとすれば、人間の創造が六日目にあたるからである」としている。

それが、12月25日になったのは、①ローマ帝国内に流布していたミトラ教が、「無敵の太陽神」が誕生した日、冬至として祝っていた、②太陽が悪い狼によってしだいに食いつくされ、闇が支配するようになっていく、と考えられていた北欧で、太陽に熱と力を与えるべく、大きなかがり火をたいて、太陽の蘇生を願う儀式が12月25日、冬至に行われていた、ことなどを考慮した教会が「『世の光』（ルクス・ムンディ）としてキリスト神を祝う日は、この新しい太陽の誕生を祝う冬至の日がもっともふさわしいと考えられた」からであろう、としている。

フランス史家の福井憲彦は『時間と習俗の社会史』（新曜社）で、フランス語ではクリスマスのことをノエルというが、これはフランス語で「新しい」ことをノヴェルとかヌエルとか言ったことに由来する、というのが有力な説だとし「シャルルマーニュの時代から十世紀のおわりにかけては、ノエルが年のはじめと定められていたのである」と書いている。このノエルは冬至である。冬至をさかいにわずかずつ日が延びてゆくのには安堵感がともなうからであろう。福井はそれを「ノエルが、夜にたいする昼の勝利、希望のシンボルであった」と表現している。いずれにしても、12月25日は冬至である。

イェイツの怒り

アイルランドの詩人で、1923年にノーベル文学賞を受賞したW・B・イェイツに「クロムウェルの呪詛」という作品がある。

わしが遠くあちこち旅して、何を見つけたかと聞きなさるが、クロムウェル邸とクロムウェル手飼いの殺人鬼がおっただけ。
恋に生き、踊りに生きた者たちは打ちのめされて土っくれ。
長身の武将も剣士も騎士も、いまや、いずこの草の陰。
老いた乞食のわしがただひとり誇り抱いて放浪の旅――
わが先祖はキリスト磔(はりつけ)前の先祖に仕えなすったんだいと。

『イェイツ全詩集』(鈴木弘訳、北星堂書店)

ここに出てくるクロムウェルは、イギリスのピューリタン革命の指導者、オリヴァー・クロムウェルである。そのクロムウェルについて、司馬は「クロムウェルは英国王チャールズ一世の首を斧でおとしたあと、司令官としてアイルランドに攻めこみ、異教徒(カトリック)であるアイルランド人を大虐殺し、さらにかれらから農地をうばいとって、英国のプロテスタントたちに分配した。(中略)アイルランドの奴隷化が、このとき以後、決定的になったのである」(『愛蘭土紀行Ⅱ』)と書いている(首を落としたのは、1649年)。

イギリスによるアイルランドの植民地化の始まりは、1156年に教皇アドリアン4世が英王ヘンリ2世にアイルランド領有を許可した教書による、とされている。以後、イギリス貴族によるアイルランドの土地の略奪は続いていくが、決定的になったのは、司馬の言うクロムウェル以後である(この教書は偽書であった、といわれているが、それは後世の問題である)。

クロムウェルは、1649年8月末にダブリンに上陸し、10日かかってドローイダを占領すると、無差別な虐殺を開始した。4日間で4000人が殺されたという。ウェックスフォードも同じで、2000人の人たちが、女性も子どもも僧侶も修道女も皆殺しにあった。

この虐殺はクロムウェルが率いる独立派*の兵士への給料と、議会派*の借金返済のために土地を没収することを目的に行われたもので、いかなる大義もなかった。土地を奪われた農民には、すべてシャノン河の西、コンノート(アイルランドのなかで、もっとも痩せた土地)に移るか、死を選ぶかを強制した、植民法が適用された。この植民法が完全に実施されなかったのは、土地を手に入れたイギリス人=プロテスタントが安い労働力を必要としたからであった(堀越智『アイルランドの反乱』三省堂)。

それについて、司馬は「土地をうばわれたアイルランド農民は、(中略)しかも一人の英国系地主に多数の失業小作人がむらがって小作を志願し、入札によって雇われた。(中略)『入札小作人』というふしぎな制度は、世界じゅうになかったであろう」と書いている。

*独立派・議会派:イギリスのピューリタン革命の場合、普通、王党派・議会派・長老派・独立派に分類する。王党派は国王側の陣営、議会派は革命側陣営の総称、長老派は本文では使用されていないが議会内の多数派でロンドンの大商人や貴族層の支持者が多い。独立派はジェントリ・自営農民が中心で教会の独立を唱え、長老派と対立した。クロムウェルは独立派の中心として国王を処刑し、共和政を実現した。

Column ピューリタン革命は、市民革命なのか

高校や予備校の授業で説明に困ったものは多々あるが、ピューリタン革命もそのうちの

一つであった。

イギリスでは、1603年にスコットランド出身のステュアート家が王位を継いだが、国王のジェームズ1世は王権神授説論者で議会を無視した政治を強行し、息子のチャールズ1世もそれを継承した。議会側は、1628年の権利の請願を可決して、それに抵抗したが、国王は議会を11年間にわたって開かなかった。

1630年代末にスコットランドで反乱が起き、国王側が負けるなかで、40年に議会が招集されたが、これがピューリタン革命の発端となった。革命は、議会側の勝利で終わり、クロムウェルは1653年に終身の護国卿となり、厳格な軍事的独裁体制をしいた。これが。ピューリタン革命の概要である。

ここで、**問題になるのが、国王主権か議会主権かで始まり、最終的にはクロムウェルの軍事的独裁体制の樹立となった革命が、なぜ、市民革命なのか、ということである。**

市民（ブルジョワ）革命の定義は、『世界史B用語集』（山川出版社）によれば「**成長した市民階級が、資本主義的生産の妨げとなった絶対王政を打倒して、近代市民社会を成立させた政治的・社会的変革。イギリスのピューリタン革命、名誉革命、アメリカの独立革命、フランス革命が代表例とされる**」である。

ここでいう、近代市民社会というのは、人間の自由と権利の平等を基調とする社会、フランス人権宣言第1条にある「人間は自由かつ権利において平等なものとして生まれ、また、存在する」が普遍的原理として承認されている社会である。

この規定だけからすれば、クロムウェル軍事独裁体制を樹立したピューリタン革命が市民革命であるはずはないのである。ところが「資本主義的生産の妨げとなっていた絶対王政」という規定も考慮されなければならない。

ピューリタン革命は、国王特許状によって排他的特権が与えられていた、マーチャント・アドヴェンチャーズを代表とする特権的貿易団体や王立特権軍需・鉱山会社の解体、あるいは絶対王政期に産業統制の任にあたっていた諸国家機関を廃止した。また、自由な私的農業を可能にすることから禁止されていた「土地の囲い込み」も1656年に解除された。

そして、なによりもピューリタン革命を市民革命たらしめたのは「後見裁判所の廃止」であった。後見裁判所とは、国王から土地を与えられている臣下が、未成年のとき、国王が後見料や、そのほかいろいろな名目の許可料を取り立てるために設けた裁判所で、これが廃止されたことによって、土地を持つものの財産権（所有権）が確立された。

市民革命を市民革命たらしめる最大の要件は、所有権の保障なのである。フランス革命の場合は、人権宣言17条に「所有権は神聖かつ不可侵の権利であるから、何人も、適法に確認された公共の必要が明白にそれを要求する場合であって、また、事前の公正な補償の条件の下でなければ、それを奪われることはない」と規定している。

むかし、入試問題で「フランス革命が市民革命といわれる原因を25字以内で説明せよ」という問題を出した大学があったが、答は「人権宣言に所有権は不可侵という規定があるから」（22字）であった。

ここまでやらなければ、ピューリタン革命＝市民革命、という図式は説明できないのだが、これは高校世界史や予備校での授業範囲を越えている。私も後見裁判所などは教えたことはなかった。

ジャガイモ登場

司馬は入札小作人*の生活について「ひどいくらしだった。かれらは英国系地主から

＊入札小作人：『愛蘭土紀行Ⅱ』で司馬は、「土地をうばわれたアイルランド農民は、しかも一人の英国系地主に多数の失業小作人がむらがって小作を志願し、入札によって雇われた」と説明している。その悲惨さに対する司馬の視点は、悲しい。

借りた農地の三分の二に小麦をうえて、収穫のすべてを地主にとりあげられてしまう。あとの三分の一に、**彼らの主食としてジャガイモをうえるのである。**（中略）以後数百年、アイルランド人はいつも腹をすかせているひとびとになってしまった。ともかくも、**アイルランド農民を生存させたのは、ジャガイモだった**」と書いている。そして、続けて「**全能の神はきわめて遅く〝発見〟した**」と書いている（『愛蘭土紀行Ⅱ』、太字、引用者）。ここで、司馬が「遅く〝発見〟した」と言っているのは、ヨーロッパで栽培されるようになったのが、遅かったということであって、栽培そのものが遅かったということではない。

ジャガイモの故郷はペルーからボリビアにかけての中央アンデス高地（およそ標高4000m）である。そこでの野生種を栽培化したのは、紀元前5000年ごろと考えられている（山本紀夫『ジャガイモのきた道』岩波新書。以下のジャガイモに関する記述は、同書による）。

この新大陸原産の食物が旧大陸にわたるのは、アンデス高地にあったインカ帝国*が1533年にスペインのフランシスコ・ピサロに征服されてから以降の1570年前後と推定されている。そして、スペインからフランスにわたり、やがてヨーロッパ各地に広まった（日本へは、オランダ東インド会社*がジャガタラ＝ジャカルタ経由で、17世紀初めに伝わった、と考えられている）。

ジャガイモが普及したのは、フランス・イギリス・ベルギー・ドイツ・ポーラン

＊インカ帝国：現ペルーのアンデス高地を中心に栄えた帝国。ケチュア人が建国し、最盛期にはコロンビア南部からチリ北部に及ぶ広大な領域を支配した。首都はクスコ。

＊オランダ東インド会社：対スペイン独立戦争中の1602年に6つの会社が連合して結成、株式を配当して配当を分配した、最初の株式会社。当時の東インドは、ケープタウン以東のアジア全域を指すが、オランダはジャワ島のバタヴィア——オランダのラテン語名——を根拠地に香料貿易などを独占した。日本の出島も在外公館のひとつである。

ド・ロシアなどであったが、これらの地域の主作物は収穫量の少ない小麦やライ麦であり、飢饉(ききん)が頻発し、そのため、領土拡大をめざす戦争の絶え間のない地域であった。

例えば、ドイツでは戦争とともにジャガイモ栽培が拡大したといわれているが、その転機は30年戦争(1618〜48年)であった。戦場になったドイツの農村は荒廃し、人口は1800万人から700万人に激減したといわれる。それまで、ジャガイモを食べると病気になるという偏見から栽培していなかったバーデン、フランケン、ザクセンなどの西部地方で栽培が始まった。ジャガイモは小麦に比べて生産性が高く、耐寒性にすぐれ栄養価が高かったからである。

それに目をつけたのが、プロイセンのフリードリヒ2世(大王/在位1740〜86)であった。かれは西部地域と比較して遅れている自国の農業を発展させるために、1756年3月24日、つぎのような「ジャガイモ令」を発した(伊藤章治『ジャガイモの世界史』中公新書)。

○　この、地になる植物(ジャガイモ)を栽培することのメリットを民に理解させ、栄養価の高い食物として今春から、植え付けを勧めるように。

○　空いた土地があれば、ジャガイモを栽培せよ。なぜならこの実(ジャガイモ)は利用価値が高いだけでなく、労に見合うだけの収穫が期待されるからである。

その結果「一八五〇年ころのドイツにおける年間一人あたりのジャガイモ消費量は

約一二〇キログラムであったが、それが一八七〇年代後半になると二〇〇キログラム近くになる」(山本、前掲書)。

このジャガイモの普及がヨーロッパの食生活を変えた。「はじめに」で紹介した鼎談、『時代の風音』で堀田善衛は次のように語っている。

(ジャガイモが)民間にまで普及したのは十八世紀の中ごろ以後でしょう。それでなんとかお腹がいっぱいになるようになった。(中略)

ですから十六世紀ごろの田舎の貴族の生活というのは、大麦のおかゆと牛乳くらい。それと、森の中で二匹か三匹猪が獲れるくらいのものでしょうね。それを塩漬けにしておいた。そんな程度で、牛肉およびヒツジの肉なんていうものは、十六世紀ごろの貴族でもお祭りのときにようやく口にできるくらい。かつてのヨーロッパの食生活のひどさというものは、日本で考えられないほどでした。

ですからジャガイモの重要性というのは、これはたいへんなものです。ヨーロッパの人たちが、なんとかお腹いっぱい食べられるようになったのは、ジャガイモのおかげなんです。だから、フランス語でジャガイモのことをポム・ド・テールというでしょう。地面のリンゴです。

そのフランスでのジャガイモの普及は、18世紀末のことであったが、当初は「ブタのエサ」「パンが食べられない貧乏人の食べ物」というイメージが、とりついてはなれなかった、という（北山晴一『世界の食文化16　フランス』農山漁村文化協会）。

アイルランドには、17世紀前半に伝わり、同世紀中に全アイルランドに広がった。司馬が言うように、イギリスと地主は穀物（小麦）を求めていたから、全農地の４分の3では穀物が栽培されており、残りに農民たちの食糧としてジャガイモが栽培されていた。そして、それが悲劇を生むのである。

大飢饉

１８４５年と46年の夏はとくに雨が多かった。ノルウェーからスペインまで、西ヨーロッパの大半がそうであった。アイルランドでジャガイモの胴枯れ病が発生し、収穫が約15分の1となった。その結果、大飢饉になるのであるが、それを司馬は次のように説明している。

アイルランドの人口は、ジャガイモによってふえた（ジャガイモを植えれば生活できる、というので海外に移住していた人たちが、戻ってきた。引用者）。一七六〇年では百五十万人だったものが、八十年をへて九百万人になった。大飢饉は、九百万人の時代におこった。百万人が餓死し、百五十万人が、傾いたテーブルから豆がころげおちるようにして大西洋にうかび、アメリカ（一部はイギリス）に移民したのである（『愛蘭土紀行Ⅱ』）。

しかし、病害はジャガイモだけで他の穀物には、被害はなかった。飢饉の間も毎年50万トン以上の小麦が輸出されていた。イギリス人の地主に地代を払うために、小麦を売りジャガイモを主食に生きていたのである。そして、この小麦の量は、アイルランドの全人口を支えることのできる量だったといわれる。穀物の輸出によって地主も貿易商人も例年どおり利潤をあげているとき、一方では100万の人間が死に、150万人以上の人たちが海外へ出なければならなかったのである。司馬のあげているアメリカ、イギリス以外にも、カナダ・オーストラリア・ニュージーランドでアイルランド人居住区が形成された。

イギリスの救済策は冷淡なものであった。ときの内閣は、単に地方の一時的不作としか考えず、1847年になってやっとスープ給与所を各地に設けるとか公共事業を起こして貧民を救済する程度のものであった（堀越智『アイルランド民族運動の歴史』三省堂）。

クロムウェルの暴虐やこうした事実をふまえて、司馬は「ふつう歴史は図式的ではありえない。たとえば世界は搾取と被搾取の構造である、というようなことをいえば、こどもでも笑うだろう。が、アイルランドの歴史は、岩の筋目にたがねを入れるように、簡単に割ることができる。ブリテン島（いわゆるイギリス）によって、七、八百年ものあいだ支配され、搾取されつづけたということでできあがっている」と総括している（『愛蘭土紀行Ⅰ』）。

Column ポテト料理

読者諸氏は、ジャガイモの料理というと何を連想されるであろうか。おそらく、日本人の国民食ともいわれるカレーライスのジャガイモをはじめとして、シチューや肉じゃが、子どものおやつにビールのつまみにもなるポテト・チップス……。生の料理を連想する人はまずいないであろう。

これはヨーロッパでも同じで、角山榮『生活の世界歴史10　産業革命と民衆』（河出書房新社）では「茶やコーヒーや砂糖をのぞけば、第一にとりあげられるべき食品は、ポテト（ジャガイモ）であろう。新大陸からもちこまれたもので、じっさいのところヨーロッパ人の生活をこれほど変えたものは他にないかもしれない。東ヨーロッパからアイルランドにいたるまで、農業の生産性の比較的低いほとんどの国で、それはまもなく主食に近い地位を獲得することになった。現在イギリスでも、下層階級の主食はポテト・チップスだといってもあながち不当といえない。ロンドンの下町にゆけば、『フィッシュ・アンド・チップス』の看板をかかげた下層階級のための大衆食堂『フィッシュ・バー』が乱立している」と書いている。

〝フィッシュ・アンド・チップス〟とは、魚に小麦粉をつけ、短冊状に切ったジャガイモとともにあげたものである。前出の伊藤章治『ジャガイモの世界史』でも「私もアイルランド滞在中、レストランでもホテルの食事でも必ずといっていいほどジャガイモを添えた料理を供（きょう）された。シチューもあれば、ポテトサラダもある。ボリューム満点のステーキには、これまたボリューム満点のジャガイモが付く。揚げたての『フィッシュ・アンド・チップス』は、ビールのつまみにぴったりだ」と書かれている。

こうした活躍からジャガイモは「貧者のパン」と呼ばれるが、もう一つの果たした役割が注目されなければならない。ビタミンCの欠乏からくる壊血病は、北部ヨーロッパの風土病的存在であったが、ジャガイモはそれを解決した。賢明な読者諸氏は、ビタミンCは、熱や光に弱く、調理で失われるのではないか、という疑問をもたれるはずである。ところが、ジャガイモのビタミンCは、でんぷん質に囲まれているおかげで、水に溶けにくいのである。シチューにしても、揚げても、茹でてもビタミンCは失われないのである。

ところで、日本のカレーにジャガイモはつきものである。レトルトのカレーにも普通は入っている。ジャガイモは16世紀以降にならないと世界に広まらないから、カレーの古里、インドのカレーにジャガイモは入らない。江原恵『カレーライスの話』(三一書房)によれば、日本でカレーが大衆化したのは北海道においてであった。明治になって北海道に移住した人たちは、伝統にとらわれずヨーロッパやアメリカ伝来の作物を栽培した。そこに料理としてのカレーが伝わり、ジャガイモやニンジン・タマネギを入れ、小麦粉でとろみをつけたカレーが発明された。

向田邦子が、この小麦粉でとろみをつけたカレーが、自身のカレー体験の原点である、とどこかに書いていた。

Column 司馬遼太郎のトウモロコシ論

新大陸原産で、世界史で大きな役割を果たした作物にトウモロコシがある。世界の「農業革命」は東南アジア、メソポタミア、メソアメリカ、西アフリカの４つの地域で、ほぼこの順序で独立に生起し、それが世界の各地域に伝播していったと考えられている。それぞれの地域の作物は、イモ類、麦、トウモロコシ、シコクビエであるが、トウモロコシは前5000年頃に栽培が始まったとみられている（伊東俊太郎『文明の誕生』講談社学術文庫）。

このトウモロコシについて、司馬は「トウモロコシの原産地は、いうまでもなく南米である。北米にまでひろがっていて、土地のひとびとによって栽培され、かれらの生命をささえていた。世界は、南米を原産地とするジャガイモとともに〝新大陸〟の原住民に感謝しなければならない。トウモロコシは、十五世紀、スペインのイサベル女王を保護者として出帆したコロンブスによって、一四九三年、スペインにもたらされた。三十年で全ヨーロッパにひろがったという。いまでは、小麦、稲とならんで世界の三大穀物の一つである」（『南蛮のみちⅠ　街道をゆく22』）と書き、さらに「食用植物の交流というものを、なぜ学校の世界史教科書は重要な主題としてとりあげないのか、ふしぎな気がする。ヨーロッパの牧畜は（アメリカやオーストラリアではむろんのことだか）トウモロコシを除外して論じられない。濃厚飼料として主として牛に食べさせる。そのことが、安価な牛肉を食卓にのぼらせることになるわけで、このいわば当り前のことに教科書の執筆者はおどろく心をもつべきである。さらに玄妙なことは、**トウモロコシの出現が、有史以来の農業と牧畜のあらそいに一応の終止符を打ったことである。**人類が時とともに変化したりしなかったりする因子をとりだすことが歴史であるとすれば、トウモロコシの出現は、産業革命に匹敵するほどの大きさではあるまいか」と続けている（太字、引用者）。「**トウモロコシの出現が、有史以来の農業と牧畜のあらそいに一応の終止符を打ったことである**」の部分であるが、かれはその根拠を、ジャック・アリエールの『バスク人』（白水社）から、次の箇所を引用している。

牧畜。ピレネーの住民にとって第一の基本的な資源である。トウモロコシの栽培が旧大陸で知られる以前には、もっぱら放牧が中心で、そのため森林を犠牲にして広大な牧草地が必要とされた。狭い耕作地なども忽ち放牧の家畜に荒され、しばしば紛争のもとになった。

どこの国でも牧畜と農耕との間の紛争はつきもので、トウモロコシがフランスで栽培されるまで、時には流血騒ぎもおこった。トウモロコシは牧畜ばかりか農業にも革命をおこした。トウモロコシのおかげで広い牧草地を必要とせず、家畜が一カ所に集中するようになった。

この記述にあるとおり、地中海沿岸に入ったトウモロコシは家畜の飼料として普及するようになるが、気温の高い地域でよく育ち、生産力が高いという性質から、**アフリカや東南アジアでは稗や黍のような雑穀にかわって、主食として栽培されるようになった。**また、西アフリカにトウモロコシを伝えたのは、ポルトガル人であったが、それは南米に黒人奴隷を送るさいの食糧として使用するためであった。そのため、ジャガイモと同じように「貧者のパン」として位置づけられるようにもなった。

リヴァプールの世界史

司馬一行は、イギリス北部の港湾都市リヴァプールから船でアイルランドに渡る。この、住民の40%がアイルランド系の港町で司馬は、奴隷貿易で栄えた港町、今はその繁栄の影さえ残っていない港町、そのリヴァプールを懸命にささえているビートルズについて思いをめぐらしている。

奴隷貿易

リヴァプールの発展の基礎が奴隷貿易であったとして、司馬は次のように書いている。

近代の奴隷貿易は、最初はポルトガルが〝商権〟をにぎっていたが、十七世紀にはイギリスが乗りだした。信じがたいことだが、アフリカから黒人をつれてきて新大陸に売るために、

「王立アフリカ会社」

という国策会社までできた。しかしうまくゆかず、結局は、リヴァプールの個人商人たちの手に、この貿易はにぎられた（『愛蘭土紀行Ⅰ』）。

司馬の言うように、ヨーロッパ諸国による奴隷貿易はポルトガルのアンサム・ゴンサルヴェスが1441年に、モーリタニア北部の海岸からベルベル系住民をとらえて本国に連れ帰ったのが始まりとされている。それが本格化するのは、1530年ころから新大陸で、インディオや白人の年季奉公人（渡航費がないために、7年間の無償労働と引き換えに新大陸に渡った人。白いニグロと言われ、アイルランド人が多かった）を

労働力とする砂糖生産を始めてからである。

その際、インディオの人口激減による労働力不足やより安価な労働力の供給先をアフリカに求めたからである。その奴隷貿易*によるリヴァプールの繁栄ぶりについて、E・ウィリアムズは名著『コロンブスからカストロまでI』（岩波書店）で次のように書いている。

> （一七七四年には）リヴァプールの船員の半数は奴隷貿易に従事していたし、一七八三年にはこの市が奴隷貿易から獲得する年収は三〇万ポンドにのぼると推定された。奴隷貿易はリヴァプールを一介の漁村から国際商業の一大中心へと変容させた。同市の人口は一七〇〇年に五〇〇〇人であったのが、一七七三年には三万四〇〇〇人に増加した。当時、リヴァプール市民の人口に膾炙（かいしゃ）した常套句（じょうとうく）にこんなのがあった。すなわち、わが町の大通りを区切るのはアフリカ人の奴隷をつないだ鉄鎖、家々の壁に塗り込められたのは奴隷の血潮、というのである。（中略）赤レンガ造りの同市の税関が採用しているニグロの頭部を象（かたど）った紋章こそは、このリヴァプールが何を踏み台として発展したかを無言のうちに、しかしきわめて雄弁に物語っている。

イギリスが奴隷貿易を廃止するのは1833年である。そして、産業革命の進展に

＊アフリカをフィールドにしている文化人類学者の川田順造が「積み出された奴隷の数の最も信頼できる見積、としてあげている数字は次のとおりである。
イギリス 253万人
ポルトガル 180万人
フランス 118万人
オランダ 35万人
デンマーク 7万人
その他含めて計613万人
その20%は、途中で死亡したと推定される。
川田順造『日本を問い直す 人類学者の視座』（青土社）

ともなって、綿布をマンチェスターから外港であるリヴァプールに運ぶ営業用の鉄道が1830年に開通していた。この間の変化について、司馬は「産業革命が人間を大きく変えたことは、プラスにもマイナスにも評価できる。**なによりも大きな進歩は、前世紀のようにナマミの人間を売るということをせず、機械や棉花を売ったことである**」(『愛蘭土紀行I』太字、引用者)とコメントしている。

ビートルズ

港では食べてゆけなくなり、錆びはじめているリヴァプールが、町の再建のため利用しているのが、1960年代の若者文化の頂点に立ったロック・グループのビートルズであった。世界じゅうでビートルズ・ツアーを組んでいるのである。

ビートルズのメンバーの中の3人、ジョン・レノン、リンゴ・スター、ポール・マッカートニーはアイルランド人移民の子孫である。司馬はそのなかの、ジョン・レノンの詩「あなたがアイルランド人なら」を紹介している。かれが、何代もつづいた英国籍でありながら、自分をアイルランド人と規定してうたった詩である。

あなたがたまたまアイルランド人として生まれたなら
その運を悲しみ死んだほうがましだと思うだろう
あなたがもしアイルランド人だったら

＊死んだ鍋：アイルランド人が吐き出すウィットやユーモアで、「死んだ鍋」のように当人の顔が笑っていない、痛烈な皮肉や揶揄をさす。司馬は具体例としてビートルズがアメリカ公演をしたときに、新聞記者に「ベートーヴェンをどう思う?」と聞かれたときに、リンゴ・スターの返事が「いいね」と大きくうなずき「とにかくかれの詩がね」と答えたことをあげている。

イギリス人だったらなと願うだろう！

千年にも及ぶ
苦しみと飢えの年月に
人々は自分の土地から追われた
この美と豊穣の土地から
イギリスの侵略者達に強姦された！
ひどい！　あまりにひどい！

（岩谷宏訳）

全体で5節あるなかの2節の紹介であるが、司馬は「詩の中に叙情という液体がたっぷり入っているために、死んだ鍋はない。（中略）アイルランドの美しい小川が出てきたり、国花のシャムロックの花が出てきたりする。またゴールウェイ湾の虹、そしてアイルランド〝特産〟の妖精たちも出てくる。残酷な皮肉屋だったジョン・レノンも、自分の帰属性をうたうときは、自分自身の絨緞（じゅうたん）をひっぺがす気にならなかったように思える」とコメントしている（『愛蘭土紀行Ⅰ』）。そして、ジョン・レノンと同じ「残酷で人を突き放すジョーク」の持ち主であったジョナサン・スウィフト*（1667〜1745）を比較しながら「民族的気質など実在するのか」という問題に接近していく。

＊スウィフト：アイルランドのダブリンの出生であるが、不幸な生い立ちで伯父の世話で大学までは卒業した。スウィフトの残酷で人を突き放すジョークが頂点に達したといわれるのは、『ガリヴァー』で、時代的枠を超えて、人間性一般への風刺まで進んだことがあげられている。カトリックの国として、産児制限ができないアイルランドが赤ん坊を食糧として輸出するように提言するなど、その風刺はとどまることを知らない。

Column　ロックのふるさとはアイルランド

森正人『大衆音楽史』（中公新書）によれば「ロックンロール」という名称は、アメリカのオハイオ州でラジオのＤＪをしていた、アラン・フリードが、１９５１年に力強いダンス向きの黒人音楽に、ともに性交渉を意味するスラング「ロック」と「ロール」を結びつけてできたものだという。

森の同書によれば、ロックンロールの起源はカントリー・ミュージックにあるといわれるが、カントリー・ミュージックは、アイルランド系移民によってアメリカ北部に持ち込まれたフォークソング、バラードなどと結びついて現れてきたヒルビリー・ミュージック（アメリカ南部の田舎の音楽）にまで、その起源をさかのぼることができる、という。

農業に依存していたアイルランド経済が打撃を受けたために（大飢饉）、１８４５年から49年まで、およそ全人口の８分の１にあたる１００万人がアイルランドからアメリカに移民した。

移民たちとともにアメリカに持ち込まれたアイルランド音楽は、黒人音楽やメキシコの音楽などの影響を受けながら、北アメリカ大陸東部のアパラチア山脈周辺の南部地域においてヒルビリー・ミュージックとして形をなした。

それが、カントリー・ミュージックと呼ばれるようになったのは、その使用していた楽器――ヴァイオリンによく似たフィドルや、バンジョー、タンバリン、ギターに由来する。人種差別の激しかった当時のアメリカでは、そうした楽器を使って演奏するグループを、黒人の場合はＲ＆Ｂ、白人の場合はカントリー・ミュージックと呼んだのである。

このカントリー・ミュージックが１９３０年代にラジオを通して広く大衆化し、「ロックンロール」という言葉が成立した50年代に、歌手として登場するのが、エルヴィス・プレスリーである。このプレスリーの音楽を好んだのは、主として若者だった、という。このカントリー・ミュージックに、アンプを利かせて激しくかき鳴らすアコースティク・ギターとダブル・ベース、さらに後にはドラムを加えた、より激しく荒々しい音楽が「ロカビリー」と呼ばれるようになった。

これがイギリスに伝わり、ビートルズが結成されたのは、1957年のことである。

アイルランド的性格

司馬は「アイルランド的性格は、人類の財産のひとつである」(『愛蘭土紀行Ⅱ』)と書いているが、それが具体的に何を意味するかについては、書いていない。前記の言葉の前後に「アイルランド人は、客観的には百敗の民である。が、主観的には不敗だとおもっている。(中略) このことには、アイルランド人以外には持つことがなさそうな〝幻想〟という特異な能力が介在していることはたしかである。それと、自己に対するしたたかな崇拝心というべきものも、アイルランド的性格の一要素であるに相違ない」とか「ともかくも、この民族の過去はつねについていなくて、いつも負けつづけでありながら、その幻想の中で百戦百勝しているのである。その観念の中では絶対に負けていないと、その不滅の観念にしがみついて生きている」などと書いている。

人種的にはゲルマン系でもラテン系でもなく、ギリシア・ローマ文化の影響もなく、受容したキリスト教も独特なアイルランド的なものである以上、アイルランド人をヨーロッパを規定している「一枚の岩盤」に組み込むことはできない。

ここで、司馬は「**民族的気質など実在するものかどうかという私のふだんの疑問**」(『愛蘭土紀行Ⅰ』)と、論を展開する。アイルランド人を「一枚の岩盤」でくれない以上、かれらの性格を規定しているのは、イギリスによる過酷な支配が生み出したものとせざるをえない。司馬はこう言っている。

一つの民族が他の民族に歴史的怨恨をもつというのは、その民族にとって幸福であるのかどうか、わかりにくい。

——それは歴史を知らない者の謂だ。

という人があれば、その人はきっと歴史というものを別なふうに理解しているのだろう。**歴史は本来、そこから知恵や希望を導きだすべきものなのである。でなければ人類は何のために歳月をかさねるのか、無意味になる**(太字、引用者)。

司馬のこの言葉は、民族的気質などという実態の不明なもので、歴史をくくってはならない、というメッセージであろう。

Column 「あいるらんどのような田舎へ行こう」

『愛蘭土紀行Ⅱ』で、司馬は丸山薫(1899〜1974)の「汽車にのって」という作品を紹介してコメントをつけている。

汽車に乗って
あいるらんどのような田舎へ行こう
ひとびとが祭の日傘をくるくるまわし
日が照りながら雨のふる
あいるらんどのような田舎へ行こう
車窓に映った自分の顔を道づれにして
湖水をわたり　隧道をくぐり
珍らしい顔の少女や牛の歩いている
あいるらんどのような田舎へゆこう

（昭和10年刊・詩集『幼年』――新潮社『日本詩人全集』より）

かれは青少年期を大正デモクラシーのなかで送ったが、右の詩が発表されたころは、軍部が大きく勢力をひろげつつあった。そういう閉塞のなかで、丸山薫は大きなからだをまるめ、動物園の象が草原を恋うようにして海のかなたの「あいるらんど」を恋うたのである。明治以後――例証を省略するとして――アイルランドが日本人のさまざまな閉塞を晴らす呪文のような役割をはたしてきたが、この「汽車にのって」はその意味においてもっとも象徴性が高い。

『アイルランド歴史紀行』（ちくまライブラリー）で、この詩と司馬のコメントを検討して高橋哲雄は次のように述べている。

ここで司馬のいう「日本人のさまざまな閉塞を晴らす呪文」とは何を指すのだろうか。

「閉塞」が、明治時代ならたとえば藩閥政府による自由民権運動や社会主義者の抑圧を、大正から昭和前期にかけてなら小作問題の深刻化、それ以後なら軍部の勢力伸長のもとでの市民的自由の圧殺、といった事態を意味するものと考えて、まずまちがいあるまい。そうした状況におかれてみると、自分たち以上にきびしい条件におかれてきたアイルランドの志士、文人、あるいは民衆が抑圧からの解放を求めて――英国会で議事妨害を派手にやったり、爆弾を投げたり、地代を滞納し、土地を勝手に開拓し、地主や差配、裏切り者を村八分にしたり――とにかくけなげに闘ってきたのをみると、胸のつかえが下りる思いがあったにちがいない。それが「呪文」――おまじない――ということなのだろう。

司馬が「例証を省略した呪文」とは、この高橋が言うとおりなのか、そんなことを考えながら歴史を見てみるのも面白いのではないだろうか。

私はこの高橋のコメントは違うと思う。高橋は日本以上の厳しい条件のもとで、反英独立運動を展開するアイルランドの人々の抵抗を「胸のつかえが下りる思い」でみたからだ、とコメントしているが、その時代の日本の新聞やメディアが、アイルランド問題を頻繁に報道していたとは到底思えない（司馬は第二次世界大戦下のアイルランドに日本領事館があったことを紹介しているが、世話すべき日本人は一人もいなかった、と書いている）。

司馬は丸山の詩を紹介した『愛蘭土紀行II』の「甘い憂鬱（ゆううつ）」のなかで、大正14年刊の菊池寛、山本修二共著の『英国・愛蘭・近代劇精髄』（新潮社）を取り上げ、そのなかで菊池が「アイルランド人の感性は日本人とじつによく似ている」と言っている点について「両者の詩情が『甘い憂鬱』を好むということで共通しているということではないか」と推測している。

そして「ふと、小学唱歌のことをおもった。明治初年の小学唱歌は、文部省音楽取調掛によって創められたのだが、その初期はすでに欧米にあった歌曲に日本の詞をつけただけのものが多い。とくに、ケルト（スコットランドやアイルランド）の民謡が多かった。たとえば『蛍の光』や〝夕空晴れて〟という唱いだしの『故郷の空』などはスコットランドのものであり、また『庭の千草』はアイルランドのふるい民謡である。この三つの歌に共通するものは山本修二がいうところの甘い憂鬱というものだろう」と書き、「庭の千草」の歌詞まで書いている。

それと「そういう閉塞のなかで、丸山薫は大きなからだをまるめ、動物園の象が草原を恋うようにして海のかなたの『あいるらんど』を恋うたのである」を重ねてみると、「アイルランドが日本人のさまざまな閉塞を晴らす呪文」というのは、アイルランド歌曲をさすように思えるのだが。

閉塞のなかで、その気晴らしのために、「甘い憂鬱」にとらわれた体験は、読者諸氏にもあるのではなかろうか。

第5章

近代市民社会の精神

——オランダから考える

司馬遼太郎はマックス・ウェーバーにならって資本主義の発達をプロテスタンティズムの倫理性に求めている。そのプロテスタンティズムの倫理性がもっとも早く発達したのがオランダであるという。

そのオランダは現在、地球環境の破壊という問題に直面して、自律こそがその倫理である、ということを指し示しているという。その論理をこの章では追求してみる。

資本主義は人類に、自由と個人という二つの贈りものをした。自由と個人は、経済活動のなかでは、前時代にはなかった高エネルギーをもっている。ときに際限もなくなるこの活動力に対し、いわば歯どめとしての自律性と倫理性をプロテスタンティズムは説きつづけた。

——『オランダ紀行　街道をゆく35』

レンブラント

司馬遼太郎との対談の中で、ドナルド・キーンが「レンブラントの話ですが、江戸時代に、レンブラントの絵だと言われているものが一つ、日本にありました。偽物にちがいありませんが、絵のモチーフは月です。あるいは木があるかもしれません。しかし、江戸時代の日本人は、レンブラントの名前を知っていました」と語っている（『世界のなかの日本』中央公論社）。

これを読んだ時、私は予備校で同僚から聞いた話を思いだした。彼が小学校5年生で使用した国語の教科書に、川端康成の書いた「コロンブスのアメリカ大陸発見」の文が掲載されていた。そしてそこには、航海を続けてもいっこうに陸が見つからず、船員たちの「帰りたい」という要求が高まるなかで、コロンブスが懸命に望遠鏡で陸を探す場面があったという。

それを読んだ友人は、担任にこう聞いたそうだ。「これはおかしくありませんか？ガリレオ・ガリレイが望遠鏡を発明したのは、コロンブスの航海の後です」と。

ガリレオは、オランダで使われていた望遠鏡を独自に工夫して改良し、それで天体を観測する。そして、その結果、月の表面のでこぼこや木星の4つの衛星を発見するのだが、それは1609年のことである。コロンブスの航海は、1492年だから100年以上も後のことなのである。

友人の質問を聞いて驚いた担任は校長に報告し、校長は出版社に連絡する。話はたちまち新聞社に伝わり「天才少年出現」という記事が載った。川端康成からは謝罪文が届き、NHKは友人をモデルにしたラジオドラマを制作したという。

そのドラマは、小学5年にして教科書の一文から「コロンブスが望遠鏡をのぞく」誤りを発見した少年と、**長崎の出島を経由して江戸時代に日本にもたらされたレンブラントの絵の発見に、生涯を捧げた老人の交流を描いた話だったそうだ。**

長崎のオランダ商館を通しての貿易については、山脇悌二郎『長崎のオランダ商館』（中公新書）が詳しいが、取り扱われた商品の中に絵画はないので、正規のルートで商品として輸入されたことはないのでは、と思われる。もっとも、正規のルートでないものもきている。

それはともかくとして、司馬はレンブラント、特に彼の代表作といわれる「夜警」に興味をもっていた。前出のドナルド・キーンとの対談の中で「私はレンブラントが描いた『夜警』が昔から好きで、それに過度の思い入れをしていました。**オランダは市民社会だ、商人たちがみなこうして兵隊の格好をして、自分の町を守っているんだ**」と語っている（太字、引用者）。

この発言から、司馬のレンブラントへの関心は、近代市民社会はオランダから始まるという認識があったと思われる。

レンブラントと「夜警」

レンブラント（1609～69）と「夜警」について、高校世界史教科書の副読本として作られた『世界史詳覧』（浜島書店）を見てみると、かれは「光と影の画家」として有名だが、代表作「夜警」以降、急速に人気を失い、貧困と孤独のうちに死去したが現代ではヨーロッパ最大の画家の一人とされると記されている。

「夜警」についてはアムステルダムの火縄銃手組合の幹部たちによる依頼で作製された集団肖像画。後に『夜警』と題がつけられたが昼の光景である。当時、すでに市民の有志による自警団（じけいだん）は軍事的役割を失っており、緊張した雰囲気で出動する場面は無かったが、レンブラントは**単なる並列的な人物配置をする肖像画を嫌い、架空（かくう）の情景の中に人物を入れて絵画に物語性を与えた**。その結果、人物の描かれ方に大きな差が出てきてしまい、依頼主たちの不評を買ったと言われるが定かではない。しかし、この絵の後、レンブラントは急速に人気を失い経済的に困窮（こんきゅう）していく。絵に精神性を込め独自の世界に入っていき、絵の依頼主たちの理解が得られなかったことは確かである」（太字、原文）として、「夜警」の「構図の特徴」を載せている。

司馬はレンブラントの画家としての声望を決定的にしたといわれる「トゥルプ教授の解剖学講義」にからめて、次のようなエピソードを紹介している。

レンブラントは19歳で独立し、25歳でアムステルダムに出たときには、肖像画家として知られる存在であった。そこで、彼は有名な外科医であった、トゥルプ医師から「わしが解剖しているところを、画家に描いてもらいたいんだがね」ということで注文を受ける。

その注文の背景には次のような事情があった、と司馬は推測している。

> 当時、外科医たる者は、解剖ができることを誇示する必要があった。（中略）東インド会社の船は仕官待遇として外科医をのせていたが、じつは理髪師で、傷手当か腫物（はれもの）を切る程度の技術しかなかった（**理髪師が簡単な外科をやるというのは、このころヨーロッパに共通していた**）。それだけに、本物の外科医としては、われわれは理髪師ではないという証拠をみせるためにも、本格的な解剖をやってみせる必要があったのである（『オランダ紀行　街道をゆく35』）。

この太字の部分は事実で、阿部謹也は『西洋中世の男と女』（筑摩書房）で、「外科医は、床屋の主人が兼ねている場合が多いのです。もっとも大学で勉強した外科医でない場合ですが。**いまでも床屋の前に赤と青と白の、動脈、静脈、包帯をあらわす印が回っていますが、あれも床屋が同時に外科医であったころの印です**」と書いている（太字、引用者）。

また阿部は、『中世を旅する人びと』（平凡社）で「本来浴場主は理髪師もかねていたが、浴場株（中世ヨーロッパでは、職ごとにギルド*が設けられていて、ギルド株が手に入らなければ営業できなかった。引用者）が制限されていたため徒弟の一部は髭剃り、刺胳（しかく）、外科治療などの技術を身につけ、浴場経営をせずに働かねばならなかった。（中略）理髪師は外科医術のほか、刺胳などによってのちに多くの収入をうるようになり、かつての仲間たる浴場主を蔑視し、たがいに争いをつづけているうちに、大学で近代医学を修めた医者に追い越されてしまったのである」とも書いている。

*ギルド：ヨーロッパ中世都市での商工業者の同業組合をさす。自衛・相互扶助を目的としており、都市経済の発達を促進し、都市の自治権の獲得に貢献した。価格統制・販路統制・生産統制などにより勢力を維持したが、これらの統制は商業や手工業の発達を阻害するものとなった。

ピョートル大帝

オランダで解剖ということになれば、ロシア近代化の基礎を築いた人として、高く評価されているピョートル大帝をはずすわけにはいかない。かれは非常な大男で、身長は2メートル13センチもあった。指の力だけでコインを折り曲げ、銀の皿を丸めてパイプをつくることができた。

一方、手先も器用で、生涯を通じて14の職人仕事を体得した。自慢は手にできたマメで、身体を使う仕事を好んだ。かれは、1697年の春から1年半、250名あまりの大使節団の一員として西欧諸国をまわり、みずから近代技術の習得に励んだ。はじめに訪れたオランダでは、アムステルダムにある東インド会社の艦船ドックで4カ月間働き、「王様の大工」と呼ばれた。また、抜歯技術を学び、解剖も見学している。帰国後、かれは学んだ技術を披露、臣下の虫歯を抜きまくった。抜かれた歯は、現在もクンストカーメラという自然科学博物館に保存されているが、その数は50〜60本になる。

さらに、一般庶民にはピロシキとウォトカ、貴族は400ルーブルのお金という報酬までつけて、自分が執刀する解剖の見学を強要した。

かれが、西欧化のための資金を集める目的で、口ひげや顎ひげにも税をかけた、という話も有名である。

オランダ語とコーヒー

オランダと日本との関係は、江戸時代の長崎－出島における貿易を通して非常に古い。

司馬は外国語大学の卒業生らしく、言語への関心が強く、また造詣も深い。『街道をゆく』シリーズにもそれはいたるところに、反映しているのだが、ここでは日常生活のなかでのオランダ語と今や大衆飲料ともなっているコーヒーの関係を見ておこう。

司馬は『オランダ紀行』の中で、ライデン大学の日本語科の教授フリップ・フォス博士の『日本語のなかのオランダ語』に依拠しながら、日常生活の中のオランダ語を紹介している。それによれば、文献に現れた、一番古い言葉は「ビール（オランダ語のbier）」で、1724年に出てくる、そうである。

それに続けて「フォス博士のあげているオランダ語源の日本語はずいぶんある。船のマスト（mast）、外科医のメス（mes）、それに、ブリキ（blik）。（中略）ほかに、ガラス（glas）、カバン（kabas）、ランドセル（ransel）、インキ（inkt）、レンズ（lens）、オルゴール（orgel）、ピストル（pistool）などがあり、**コーヒィという日本語発音はあきらかにオランダ語（koffie）からだし**」と書いている（太字、引用者）。

このコーヒィの発音に関して面白いエピソードを太田雄三が『英語と日本人』（講談社学術文庫）に紹介している。

英会話のラジオ放送などで有名だった松本亨が、あるとき列車食堂でコーヒーを注文した。そしてそのとき、うっかりして、日本語ではcoffeeではなく、コーヒーだということを忘れてしまったから、次のような情景が出現することになる。

「じゃ、coffeeを一ぱいたのむ」

返事がない。

「ね、ここにちゃんと書いてあるんだから、coffeeを一ぱい下さいね」

ますますしかめっつらをする。

「coffee! coffee!」と［f］の発音をはっきりさせて言っても、一向通じない。私はメニューを指して、両眼に血を走らせ、全身汗びっしりかきながら頼んだ（『英語と私』英友社）。

英語の発音では［kɔ́:fi］である。数学者の矢野健太郎がアメリカでの見聞として、大学の名前を売るために勉強はしないで、アメリカン・フットボールばかりやっている学生を卒業させるために出した試験問題が、コーヒーの綴(つづ)りを書けという問題であったが、受験した学生の3分の2が「cafe」であった、という話を書いていた。

コーヒーという日本語発音がオランダ語から、という指摘はまったく正しく、富田仁『西洋料理がやってきた』（東京書籍）によれば、江戸時代のオランダ語辞書で有名な藤林普山(ふじばやしふざん)『訳鍵(やっけん)』（1810）では、オランダ語のkoffijに「トルコの豆またはその飲料」と訳されているそうである。

ヨーロッパでは、コーヒーを「トルコの飲料」と呼ぶ。エチオピア高原で自生していたコーヒー豆が、アラビア半島のイエメンのモカで栽培されるようになったのは、15世紀に入ってからであるが、コーヒーが飲料として普及するようになるのは、前述したように、スーフィー教徒のおかげである。

このアラブの地域は、オスマン帝国の第9代スルタン、セリム1世（在位1512

〜20）の時代にその支配下になり、コーヒーを飲む習慣がオスマン帝国のなかで広まった。次のスレイマン1世（在位1520〜66）の時代、ハケムとシェイスという2人の男がコーヒー店を開いたのをかわきりに、1554年には首都のイスタンブールにも喫茶店（カフヴェ）が生まれ、その数は16世紀末には600軒を超えていたといわれている。そのため、コーヒーはヨーロッパでは「トルコの飲料」といわれている。

ちなみに、ヨーロッパへの流入はF・ブローデル『地中海』（藤原書店）によれば、イタリアへはヴェネツィア商人が1580年に、イギリスには1640〜60年の間、フランスは1646年にマルセーユに現れ、1670年頃に宮廷でも飲まれるようになった。

コーヒーを世界中に広めるために、オランダは大きな役割を果たした。臼井隆一郎は『コーヒーが廻り世界史が廻る』（中公新書）で、1602年に東インド会社（当時の東インドというのはケープ以東をさす）を設立したオランダ商人が、イエメンのコーヒーをインドやインドネシアに運んで利益をあげたこと、1642年に東インド会社がインドのカルカッタに運んだコーヒーは3万2000キロになる、と言っている。

さらに彼らは「買って売るよりも、作って売る方が利益の大きいことに気がつき」、自分の植民地にコーヒー・プランテーションをつくり始めた。1680年、バタヴィア（現、ジャカルタ。1619年にオランダが支配権を握った）総督はモカから苗木を取り寄せ栽培を開始し、1712年に最初の船荷894ポンドがオランダで競りにかけられた。その後、順調に生産は伸び、1855年には1億7000万ポンドの収穫を記録するようになった。

この飛躍的増産の背景には、1830年にオランダ東インド総督に着任したファン・デン・ボスが導入した強制栽培制度があった。これは、一方的に定めた低い栽培賃金で農民に世界市場向けの農産物を栽培させ、製品化させる制度である。ジャワの農民はコーヒー・プランテーションで無報酬で働くか、あるいは自分の農地の一部をコーヒー栽培に振り向けることを強いられた。

コーヒーは所定の価格でオランダ商人に売られた。東インド会社は、1コピル（およそ125ポンド）につき4・5ターラーを支払ったが、農民が受け取ったのは、ひどい場合にはただの2ターラーであり、1コピルの量も、125ポンドの代わりに180ポンドも収めなければならないこともあった（臼井、前掲書）。

こうして、生産されたコーヒーが、出島にもでまわっていたのである。江戸後期の狂歌作者蜀山人（太田南畝）は、1804（文化元）年、長崎奉行所の支配勘定方の役についていたが、その日記に「紅毛船にて『カウヒイ』というものを勧む。豆を黒く炒りて粉にし、白糖を和したるものなり、焦げくさくして味ふるに堪ず」と記している（富田、前掲書）。もっとも、口にすることができた日本人は、ごくわずかで本格的な普及は明治になってからである。

そのオランダの近代市民社会への道は、平坦なものではなかった。それは、スペインからの独立をめざした戦いによって、勝ち取られた。

オランダ独立戦争

私は司馬のレンブラントへの関心、「**夜警**」＝「**商人たちがみなこうして兵隊の格好をして、自分の町を守っている**」絵、という認識は、近代市民社会はオランダから始まるという認識と一体のものだと考えているからだろう、と書いた。その点にからんで、司馬は「十七世紀、オランダ人一般が自律主義や合理主義、あるいは近代的な市民精神を持つにいたるのは、かれらが商業民族であったことと、新教の滲透による。ただし、血みどろな戦いをへた」と書いている（『オランダ紀行』）。

オランダは、北・西は北海に臨み、国土の約4分の1が海面下にあり、堤防でかこまれた地域である。この地域で商工業が発展するのは10～11世紀以降であるが、これは西欧全体の商工業の発展と連動したものであった。この地域は全体としては、ネーデルラントと総称されるが、その繁栄は、

(1) バルト海沿岸地方と西・南欧諸国との穀物・木材・金属・海産物などの中継貿易
(2) 地中海地域との絹・香料・ワインなどの貿易
(3) 北海・バルト海の鰊（にしん）や鱈（たら）などの漁業

(4) 南部（のちのベルギー）の毛織物業に支えられたものであった。

この繁栄の中から神聖ローマの構成国であった、ブルグンド公国が台頭し、14～15世紀にはネーデルラントのほぼ全域を支配し、一時、中央集権国家を形成するが、カール豪胆公（１４６７～77）の死後、小領邦が自立した。そうしたなかで、カールの娘マリアがオーストリアのマクシミリアン１世と結婚、この地域はオーストリア・ハプスブルク家領となった。１５５６年、スペイン・ハプスブルク家領となる。１５１６年に即位したカルロス１世（後に、神聖ローマ皇帝として、カール５世）は、たいへんであった。１５５６年までの在位期間に、

(1) １５１７年、ルターの「95か条の論題」の発表に始まる宗教対立。１５２４～25年のドイツ農民戦争。

(2) １５２１～29年までのフランスとのイタリア戦争。それにからんで、オスマン帝国のスレイマン１世による、ハプスブルクの本拠地－ウィーン包囲（29年）。

(3) １５３８年のオスマン帝国とのプレヴェザの海戦の敗北。

(4) １５４６～47年のプロテスタントとのシュマルカルデン戦争。

など、対外戦争・国内対立と戦争の絶え間がなかった。かれは、その戦費をまかなうためにこの地域に多額の税を課したのである。また、１５２０年に、「プラカーテ

ン」と呼ばれる最初の異端禁止令を発布した。

信じ難いことであるが、この国王は存命中の1556年に息子のフェリペにスペインなどを、弟のフェルディナントにオーストリアを譲り、引退してしまった。

継承したフェリペは、重税政策の面では、さらに効率よく税を徴収するために、中央集権化、官僚化を推進しようとした（C・ウィルソン『オランダ共和国』平凡社）。また、異端禁止策としては、56年に「プラカーテン」に過酷な宗教裁判制を導入――シラーの『オランダ独立史』（岩波文庫）によれば「異端の教えをひろめたり、あるいはたんに改革派の秘密会合に出席したというだけで、罪状のあきらかになったものは、死刑の宣告を受け、男は打首、女は生埋めにされた――5万の人間を処刑した」。

このフェリペ2世の政策に反対する運動が始まるのが、1558年頃からであり、その中心はオラニエ公ウィレムであった。シラーの前掲書によれば、反乱の中心人物のオラニエ公ウィレムはカトリックであり、彼は少年のころからカルロス1世の側近にいて、かわいがられ、ホラント、ゼーラント、ユトレヒト3州の総督に任命されている。カルロス1世が弟のフェルディナントに皇帝位を譲ったときには、その皇冠を伝達したのはウィレムであった。そうした経過をふまえれば、オランダ独立戦争の引き金になったのは、重税政策を強行するための中央集権化政策に対する反発と考えられ、それに宗教弾圧に対する抗議が結合したのである。

Column　エグモント伯

オランダ独立戦争の開始を1568年に置くのは、この年の6月5日、アルバ公にとらえられていた、ラモラール・エグモント伯がブリュッセルで処刑されたことによる。エグモント伯は、オラニエ公ウィレムなどと反スペイン同盟を結成し、1566年4月2日に200名の貴族とともに、執政パルマ公妃の宮殿に押しかけ、異端審問の廃止と全国議会の召集を求めるなどした。フェリペ2世が拒否すると、66年にカルヴァン派が聖像破壊行動を起こし、北ネーデルラントを中心に中小貴族や市民の反乱が広がった。

フェリペ2世はネーデルラントの新総督に軍人アルバ公を任命し、アルバ公は「血の法廷」といわれる特別法廷を設け、多数の貴族や市民を処刑した。エグモント伯もガンで逮捕監禁され、処刑された。このアルバ公による弾圧は、独立運動をさらに発展させることになった。なお、エグモント伯の生涯については、ゲーテが1787年に戯曲「エグモント」を書き、その劇付随音楽の作曲をベートーヴェンが行っている。

この独立戦争の中心となったのは、プロテスタントであった。司馬はそのプロテスタントの価値観をマックス・ウェーバーによりながら見ていく。

プロテスタント

前述したように、司馬は「夜警」から「オランダは市民社会だ、商人たちがこうして兵隊の格好をしていて、自分の町を守っているんだ」というメッセージを受けた。この認識の背景にあるのは、司馬のプロテスタント認識である。司馬はオランダとプロテスタントの結びつきを次のように述べている。

カトリックが古びてきたのは、商人の擡頭(たいとう)による。

ヨーロッパに都市と商業が興るのは十一、二世紀から十六世紀にかけてで、とくに大いに興った十六世紀においては、カトリックの教えや規範では、商人たちはやってゆけなくなった。

当時のカトリックでは、信徒自身が神について考えるよりも、すべて教会にゆだねさせていた。教会は、神と人間との関係において、いわば卸(おろ)し問屋だった。

当時の農民ならそれでよかったが、商人は資本によって自律している。また、商況によって刻々自分で判断せねばならず、さらには商品をすべて質と量で観察し評価せねばならない。商人は自律的でなければならず、また賢くあらねばならなかった。

十六世紀、かれらのために興ったのが、プロテスタンティズム(新教)であった。

そのころ、オランダには遠近の海に船を出す商人が多く、ビジネスの中で、部分部分をもつ個々が賢くなければならなかった。

たとえば、海上には、司祭がいないのである。ところが、ルターに従えば、素人(しろうと)がみな司祭なのだ、という。素人が聖職者のように直接神に奉仕するのだ、という。

河口にいるオランダ人のほとんどが、自律と勤勉をたたえる新教徒になったのは当然といっていい。

十七世紀、オランダ人一般が自律主義や合理主義、あるいは近代的な市民精神を持つにいたるのは、かれらが商業民族であったことと、新教の滲透による（『オランダ紀行』太字、引用者）。

マックス・ウェーバー

この司馬の言説の背景に、マックス・ウェーバーの『プロテスタンティズムの倫理と資本主義の精神』があるのを見ることは容易であろう。

司馬はマックス・ウェーバー（１８６４～１９２０）の『プロテスタンティズムの倫理と資本主義の精神』を取り上げ、「かれの偉大さは、同時代にいながら同時代の歴史段階の原理を発見したことである。つまりヨーロッパの近代社会をつらぬいている原理は合理主義だということを見つけた。さらに観察を深めて、その合理主義を触発させ、推進させたのがプロテスタンティズムであるとしたのである。この宗教は、ついに近代資本主義を育てるという作用までした。また資本主義のしんをなすものは職業人の倫理であるとした」（『愛蘭土紀行Ⅱ　街道をゆく31』）と評価している。この評価は、オランダ人への評価とまさに重なるのである。

この司馬のマックス・ウェーバー評価であるが、当然のことながら異論はある。産業革命はイギリスで1760年代に始まり、1825年頃にはベルギー、アメリカ、1830年代にはフランスで始まったとされる。イギリス、アメリカはプロテスタントの国としても、ベルギーやフランスはカトリックの国である。

I・ウォーラーステインは『近代世界システムI』（岩波現代選書）で次のように書いている。

> 一六世紀に農業に逆戻りした地域というのが、カトリックの反宗教改革*が勝利した地域であり、工業化の方向を辿った諸国がプロテスタントとして留まった地域であったのは、たんなる偶然ではない。ドイツとフランス、のちの「ベルギー」は「中間」的で、長期的にみるとイデオロギーの妥協がなされたといえよう。たとえば、ドイツはプロテスタントとカトリックが分割したし、フランスと「ベルギー」では「プロテスタント」はほとんどいなくなったが、反教会的な自由思想の伝統がひろがり、これを固守しようとするグループも生まれた。
>
> これらの事実は決して偶然の産物ではない。といっても、**ウェーバー流**に、**プロテスタントの神学がカトリックのそれより資本主義に適合的だった**からなどというのではない。**確か**にそのような**議論も不可能**ではなかろうが、**他方**では、ちょっと**複雑な思想体系**であればうまく**操作**しさえすれば、どんな**社会的・政治**

*反宗教改革：直接的には、ルターの意見書の公布に対して、カトリック教会側の対応——1545年から63年までのトリエント公会議は、教皇の至上権を再確認した——などを指すが、ロヨラやザビエルのイエズス会が東方伝道、新大陸伝道を行ったことを指す場合もある。この場合は前者である。

的な目的にも奉仕させられうるものだということも、一般論としては成り立ちうるからである。実際、カトリック神学にも、社会的環境への適応能力は十分にあった。抽象的な思想史の次元でなら、「カトリックの倫理と資本主義の勃興」と題する説得力豊かな書物も書けないものでもない（太字、引用者）。

前出のように、自律主義・合理主義の体現者としてオランダ人を評価する司馬は、つづけて「物事を組織的にやるという、こんにちの巨大ビジネスのやり方をあみだしたのは十七世紀のオランダであり、十八世紀はじめの英国は、それをいわばまねたにすぎないとさえいえそうである」と言っている（『オランダ紀行』）。

この司馬の評価は史実に照らして、正当なものである。I・ウォーラーステインは『史的システムとしての資本主義』（岩波書店）のなかで、西欧の強国のなかでも、一国が他のすべての国に対して相対的優位に立った時期がある、として１６２５～75年頃のオランダ、１８１５～73年のイギリス、１９４５～67年のアメリカをあげ、それらの国はその時期に世界的な自由貿易体制のもとで、最大の利益を握った国である、と言っている。

前述したように、オランダの発展の基礎は、バルト海貿易で、16世紀初頭までにはハンザ同盟の諸都市の商人にとってかわり、バルト海貿易の70％をオランダが支配するようになり、17世紀初頭のオランダの所有船舶数は、ヨーロッパ11カ国の総数にであった。

匹敵するといわれた。アムステルダムは、西欧一の商品市場、海運の中心、資本市場

予定説

このマックス・ウェーバーの理論は、プロテスタントの中のルター派ではなく、カルヴァン派の教義（オランダのカルヴァン派は「ゴイセン」と呼ばれた）に基づいている。教科書的に説明するならば、「**カルヴァンは、魂（たましい）が救われるかどうかは、あらかじめ神によって決定されているという『予定説』を説いたが**、これが職業労働を神の栄光をあらわす道と理解する考えと結びついて、西ヨーロッパの商工業者のあいだにひろく普及した」（『詳説世界史B』太字、引用者）となる。

この書き方はきわめて不正確で、字面どおりに読めば「予定説」はカルヴァンの発明になるが、「予定説」はもともとカトリックの教義である。カトリック教会は「生前に善行を積んでいない人間は、あの世で永久に苦しむと教え」（阿部謹也『ヨーロッパ中世の宇宙観』講談社学術文庫）その結果「人びとは天国における座席を確保するために生前に善行を行うだけでなく、教会に寄進したり、貧者に喜捨したりした」（阿部謹也『甦える中世ヨーロッパ』日本エディタースクール出版部）。

この教え通り、日々善行を積んでいた信者が、ある日、突然馬にけられて死んだとしてみよう。周囲の人々は「ああ、善行を積んだ結果の幸せな死であった」と思うで

あろうか。「善行を積んだのになんだ」となるのが、たぶん普通であろう。その時に威力を発揮するのが「予定説」である。馬にけられて死んだ信者は、「そもそも神の救済の対象になっていなかった」のである。

したがって、予定説はカトリックの教義にはなくてはならないもので、1世紀のペテロの時代にはすでに成立し、カール大帝の時代――9世紀には教義として確立していたのである。この予定説を強力に主張したのは、その思想の核心は「信仰義認説」である、といわれるルターである。彼の「義認説」とは、「義とはむしろ神によって人間が義とされることにある。（中略）神の行為がすべてであり、人間の行ないは無きに等しい」（ヘルマン・ハインペル『人間とその現在』未来社）というものである（**義とは「正しい」という意味である**）。

このルターの思想をさらに徹底させたのが、カルヴァンである。ウェーバーの言葉をかりれば「カルヴァン派の信徒は自分で自分の救いを――正確には救いの確信を、と言わねばなるまい――「造り出す」のであり、しかも、それはカトリックのように個々の功績を徐々に積みあげることによってではありえず、**どんな時にも選ばれているか、捨てられているか、という二者択一のまえに立つ組織的な自己審査によって造り出すのだ**」（『プロテスタンティズムの倫理と資本主義の精神』太字、引用者）ということになる。

『失楽園』で有名なミルトン（1608~74）が、カルヴァンの教説を批判して「たとえ地獄に堕されようと、私はこのような神をどうしても尊敬することはできない」と言ったのは有名な話である。

かつて、南アフリカ共和国で人種差別政策（アパルトヘイト）を推進したのは、オランダ改革教会派（カルヴァン派）に属する人々だったが、彼らが差別政策の根拠にしたのは予定説を拡大解釈した「黒人は白人に奉仕するように、神によって予定されていた」という理屈であった。

財産の使い方

カルヴァンの思想が、商工業者に受け入れられた背景は、カトリックでは禁止されていた営利活動を肯定したことである、と言われる。カトリックの教義では、人間の歴史はアダムとイブが楽園（エデンの園）を追放されたときから始まる。すなわち、人類の歴史はアダムとイブが負った罪＝原罪を謝罪する歴史である。現世のすべての事象を直線的な時間の流れの中に位置づけてとらえるキリスト教の歴史観の原点はここにある。

この歴史は、神の最後の審判が下される日まで続く。その謝罪のための大切なときに、金儲けなどはもってのほかなのだ。

キリスト教神学の集大成『神学大全』を書き上げたトマス・アクィナスは、財産の使い方を、健全な消費・濫費・貪欲の3つに分けた。健全な消費とは、その人が生まれついた身分にふさわしい生活費用の消費であり、中庸の徳にかなったもの、濫費は身分不相応におおく消費してしまうこと、貪欲は、逆に身分相応以下に消費して余剰を蓄財することであって、どちらも身分不相応であるからよくないとした。しかし、濫費と貪欲を比べれば、濫費には「王者の徳」があるから、貪欲に比べればよい、とした。

貪欲は、しかし、無限の富の追求であり、身分社会を破壊する程度は、濫費とは比べものにならないから、最大の罪悪である。そして、この罪悪は商人がおかすものである、とした。江戸っ子の「宵越しの金は持たない」は、理想的なのである。

このカトリックの理屈からすれば、カトリックは銀行業を営めないことになる。その銀行業を営んだのが、ユダヤ教徒であり、そのゆえにカトリックに迫害されることになる。

プロテスタント精神の体現者・フランクリン

マックス・ウェーバーが『プロテスタンティズムの倫理と資本主義の精神』で、典型的なプロテスタント精神の体現者として取り上げたのがB・フランクリン（1706〜90）である。日本では、避雷針で有名だが、もともとはボストンのろうそく屋の子である。印刷業を営む兄のもとで徒弟奉公をし、イギリスに渡って修行した後、印刷・出版業に従事した。

その彼の名をいちやく有名にしたのは、1732年から25年間も発行し続けた『貧しきリチャードの暦』であった。この暦は普通の暦情報だけでなく、処世訓、人体解剖図、有用な科学情報を満載したものだった。

処世訓は「軽い財布、重い心」「天は自ら助けるものを助く、寝ている狐は一羽の鳥もとらえられない」「金をためすには火、女をためすには金、男をためすには女」など、ウィットに富んだもので、有名な「時は金なり」は彼の造語である。こうした造語に、確かに「プロテスタントの資本主義精神」は見てとれるが、彼の自伝『フランクリン自伝』(岩波文庫。これは間違いなく名著である)に収録されている「13の徳目」は、彼の精神を見事につたえている。徳目は、

第一　節制：飽(あ)くほど食うなかれ。酔うまで飲むなかれ。
第二　沈黙：自他に益なきことを語るなかれ。
第三　規律：物はすべて所を定めて置くべし。
第四　決断：なすべきことをなさんと決心すべし。
第五　節約：自他に益なきことに金銭を費(つい)やすなかれ。
第六　勤勉：時間を空費するなかれ。
第七　誠実：詐(いつわ)りを用いて人を害するなかれ。

と続き、以下、第八・正義、第九・中庸、第十・清潔、第一一・平静、第一二・純潔について同じ調子で述べた後、

第一三　謙譲：イエスおよびソクラテスに見習うべし。

で終わっている。

そのフランクリンに「情婦の選び方についての若者への助言」というおもしろいタイトルの文章がある。そのなかで彼は、純潔の厳守は難しい、と告白したうえで「情婦を選ぶなら、若い女より年増を相手にしろ」と述べ、その利点を、

(1)　年増のほうが、世の中のことをよく知っており、経験に富んでいる。だからその話もためになるものが多いから

(2)　女は、色香が衰えると、心がけを良くしようとするから

(3)　子どもの危険がないから

(4)　年増女を幸せにしたとなると、後悔などはありえないから

と説明している。もっともこの「選び方」は、先に述べた「徳目」とはまったく矛盾している。徳目、「第一二・純潔」は「性交はもっぱら健康ないし子孫のためにのみ行い、これに耽(ふけ)りて頭脳を鈍(にぶ)らせ、身体を弱め、または自他の平安ないし信用を傷つけるがごときことあるべからず」となっているのである（平川佑弘『進歩がまだ希望であった頃』講談社学術文庫）。

彼の名誉のためにつけ加えておくが、かれは黒人奴隷廃止論者であり、ネイティブアメリカンに対する迫害にも反対した。依頼に応じて、タブー視されていた奴隷制反対のパンフレットを印刷したこともあるし、ペンシルヴァニア奴隷廃止協会の初代会

長にも就任している。また、彼の絶筆は、奴隷制擁護論者に対する反論であった（富田虎男「フランクリン」『人物世界史4』山川出版社）。

リーフデ号の物語は、たぶん学校教育のなかで習ったことであろうが、その後のオランダとの関係が日本史のなかで果たした役割は、はかり知れないほど大きい。それを見ていく。

リーフデ号

1600年4月（慶長5年3月）に豊後（大分県）の臼杵（うすき）湾に漂着したオランダ船リーフデ号の話は有名である。リーフデ号（慈愛号）は1598年、ロッテルダム会社が東洋に向けて派遣した5隻の船の内の1隻であった。司馬は『オランダ紀行』でその航海について、詳しく書いている。

この船団は、不運だった。出帆早々の三カ月後に提督が病死し、翌年四月一日にマゼラン海峡*に到着したときは、人も船も疲れきっていて、乗組員の多くが寒さと飢えのために死んだ。

マゼラン海峡を出て南太平洋にさしかかると暴風に遭い、「好使命号」ははるか南へ流され、途中食糧が尽き、チリ海岸に接岸すると、スペイン人に投降した

*マゼラン海峡：南米の最南端の海峡をさす。発見者の名前をとってこの名で呼ばれているが、航海の難所で現在でも利用する船は少ない。なお、発見者のマゼランはマクタン島で、現地のラブラブ王の反撃にあい、戦死した。

者）。

（当時、オランダはスペインと戦争中。南米はポルトガル以外は、スペイン領。引用

「信仰号」はいったんマゼラン海峡にひきかえしたが、飢えと疲労で乗組員の半数が死に、結局、オランダにもどった。

「信義号」にいたっては、八十六人の乗組員のうち二十四人しか生存せず、モルッカ諸島*（インドネシア）のチドール島でポルトガル人に拿捕（だほ）され、多くが殺された。

「希望号」と「慈愛号」だけが、ややぶじだった。ただし、両船の船長は、一人は病死し、一人はスペイン人との交戦で死んだ。

チリ海岸で、二隻の船員たちが会議をし、

「いっそ日本にむかおう」

という結論に達した。日本については、ポルトガル人が市場を独占し、スペイン人があとを追って割りこんでいることは知っていたが、南米とちがって日本国としての主権は確立されていることも知っていた。ただし、日本へはどうゆけばよいか、たれもが未経験だった。

ただ、積荷のなかに、おそらくライデン市の製品だったとおもわれる毛織物があり、日本では毛織物がよろこばれる（現実はそうではなかった）ときいていたので、ただそれだけの理由で日本をめざしたのである。このあたり、当時のオラ

＊モルッカ諸島：インドネシア東部に浮かぶ島々で、香料諸島の別名がある。丁子（ちょうじ）・にくずくの主産地であり、「大航海」の目的地の一つとなった。1522年にポルトガルが占領して香料貿易を独占したが、その後、各国が争奪戦を展開した。

ンダ人の勇敢さについて思うほかない。

二隻がチリ海岸で会議をし、出発したのは一五九九年十一月二十七日で、針路をひたすら北西にとった。

翌一六〇〇年（慶長五）二月二十三日、北緯二〇度あたりでふたたび大暴風雨に遭い、「希望号」はおそらく沈没したのか、行方不明になった。

「慈愛号」は僚船をさがすゆとりもなく進み、同年四月十九日（陰暦三月十六日）、ついに豊後の臼杵（うすき）湾に入りこんだ。

日本についたとき、かつて百十人もいた乗組員で生きのこった者は二十四人にすぎず、生者のなかで立って歩ける者は六人にすぎなかった。

Column　エラスムス像

司馬は『南蛮のみちⅠ　街道をゆく22』でもリーフデ号について書いているので、それにしたがって補足する。リーフデ号の正式な名前は、Liefde ex Erasmus で「エラスムスの愛」号である。エラスムス（1469頃～1536）は、オランダのロッテルダムに生まれ、16世紀最大の人文主義者と言われた人である。「日本への航海の途につくにあたって慈愛（リーフデ）とあらためられた」その船名にちなんで、船尾にエラスムスの木彫りの像が飾られていたが、その像はそのままにされた。

どういう経過でそうなったかは不明であるが、この像は「多くのエラスムスの画像がそうであるように、頭巾をかぶり、裾長の寛衣（かんい）をまとっている。（中略）この人文主義者の知的で彫りのふかい相貌は、江戸期の日本人たちに宗教的気分をおこさせ、『貨狄尊者』という呼称で、信仰された。貨狄とは、中国古代の伝説上の人物の名で、船を発明したひととされる」(『南蛮のみちⅠ』)。像はどういう経緯かはわからないが、栃木県佐野市の曹洞宗貞王山龍江院に安置されており、現在は国立博物館にあり、戦前は国宝、戦後は有形重要文化財に指定されている(河野實『日本の中のオランダを歩く』彩流社、にも同じ記述がある)。

乗組員のその後であるが、上陸2日間で6名が死亡した。関ヶ原の戦いの半年ほど前の時期で、徳川家康は大坂城にいた。報せをきいた家康は彼らを大坂に呼んだ。航海士のイギリス人、ウィリアム・アダムズがオランダ人の商人頭のヤン・ヨーステンとともに行き、慶長5年の5月中旬ころに対面した。

家康が呼んだ理由について、司馬はヨーロッパとの貿易の関心としているが、山脇悌二郎『長崎のオランダ商館』では、関ヶ原の戦いをひかえて、船の大砲や火薬を取り上げるため、だとしている。事実、ヤン・ヨーステンは関ヶ原の戦いに、リーフデ号のカノン砲とカロネード砲をもって参戦している。

ウィリアム・アダムスは三浦郡逸見(現在は、横須賀市西逸見町)に250石の領地をもらい、三浦按針と改名し、57歳で長崎の平戸で病没した。ヤン・ヨーステンは江戸城和田倉門外の堀端に屋敷をもらったが、1623年、コーチシナに行った帰り、台湾海峡で遭難した。彼の屋敷の所在地は、当初、彼にちなんで八代洲と呼ばれたが、後に八重洲となったのは有名な話である(現在は、丸の内2丁目)。

出島

出島はもともと、ポルトガル人用に、1634（寛永11）年に造成に着手し、寛永13年に完成した。費用は長崎の町人25人が負担した。そのポルトガル人は、1639（寛永16）年に来航が禁止され、出島にはオランダ商館が移転させられた。その出島について、司馬は「国じゅうが暗箱（あんはこ）のなかに入って、針で突いたような穴が、長崎にだけあいていた。そこから入るかすかな外光が、世界だった」（『オランダ紀行』）と書き、その「かすかな外光」が、荻生徂徠の思想に影響を与えているのではないだろうか、と推測している。その根拠は次のようになる。

江戸時代の正学（せいがく）は朱子学であったが、道学ともいわれた朱子学は「多様で生命そのものといっていい人間の歴史を、朱子学の価値観というたった一つの鋳型（いがた）にはめこんだ」正義体系（イデオロギー）だったが、そのなかで、徂徠学だけは人文科学ともいうべき新しい潮流をつくったからである。

徂徠の学問を生んだのは、江戸時代が「コメで社会的価値をはかる封建制でありながら、一面において旺盛な貨幣経済（流通経済）の世」だったことによる。貨幣経済では、商品の質がたえず問われるので、質を見抜くのが科学の基礎であり、同時にそれが近代のはじまりとなるのである。

「長崎から滲みこんできている水脈が、関東育ちの右のふたり（徂徠と白石。引用者）の血肉に、知らずしらずのあいだ入りこんでいたという想像は、じつに有効である」

「ともかくも、長崎の出島に〝監禁〟されていたオランダ人は、常時わずか十数人であった。その十数人が、二千数百万の人口の社会に多少の影響をあたえつづけたということは、日本人の好奇心という点からみても、文明史上の奇蹟だった」（『オランダ紀行』）

司馬の徂徠評価は当を得たもので、子安宣邦は『江戸思想史講義』（岩波書店）で「空理にして日用に益なきもの」というのが、徂徠の朱子学評価である、と述べている。

長崎のオランダ商館を通しての貿易は非常に活発であり、山脇悌二郎『長崎のオランダ商館』に詳しい。山脇は「一七九三年十月、パリの革命広場で不幸な最期をとげたマリー・アントワネットが生前愛用したその化粧箱が、日本製であったからである。咲き乱れた菊の花を薄く描いた上に金粉をまいて仕上げたいわゆる平蒔絵の漆器で、使い古したように見えるのもかえっていとおしく思われた」というエピソードを紹介している。

オランダ東インド会社というと、社員はオランダ人を連想するが、社員の約3分の

1はオランダ以外のヨーロッパ諸国から採用された。出島の商館付き医師として三代将軍家光を診察したガスパール・シャムベルガー、クリストフ・フリック、エンゲルベルト・ケンペル、フィリップ・フランツ・フォン・シーボルトはドイツ人である。そのドイツ人のなかで、商館長を務めたのがザハリアス・ワーヘナール（ドイツ名、ツァハリアス・ワーグナー）である。かれは商館長として対日貿易の拡大に力をそそいだが、なかでも特筆すべきは、「コバルトブルーの素地の上に黄金のデザインをほどこした有田焼」を考案したことである。このデザインの磁気は改良され、現在もヨーロッパに輸出されている（ヨーゼフ・クライナー『江戸・東京の中のドイツ』講談社学術文庫）。

感傷的髪飾り

マリー・アントワネットが出たついでに、もう一つ彼女がからんでいるエピソードを紹介する。司馬は『オランダ紀行』でオランダを「トルコ原産のチューリップを観賞用につくりあげたこの国は、いまも花を世界に売る国である」と評している。

チューリップの原産国であるトルコでは、1718～30年、スルタン、アフメト3世の時代をチューリップ時代と呼んでいる。フランス宮廷との間に頻繁な使節の交換が行われ、西方の趣味や風潮が導入され、絢爛たる新文化が生み出された。チューリップがヨーロッパから再輸入され、一種の装飾として全国に大流行し、あたかもこの花のように時代文化も華麗であったことによる。

下の絵を見ていただきたい。この貴婦人が頭にのせているのはフリゲート艦（小型で高速の戦艦）である。この種の髪型を「感傷的飾り髪型」といい、18世紀末のフランスの上流階級の婦人たちのあいだで流行した。

マリー・アントワネットが、髪を結わせるのに3時間かけ、途中で食事をとったという有名な話がある時代である。「感傷的飾り髪型」も原型は彼女が創始したものだといわれている。

アラン・ドゥコーは『フランス女性の歴史3』（大修館書店）で、マリー・アントワネットが「牧場や丘陵や銀色に輝く小川のあるイギリス風庭園を軽やかに頭にのせて」人々の前に姿を現したという話を紹介しているが、これが刺激になって前出のフリゲート艦や「ばねをおすと、ばらの花がぱっと咲く。まげの中にかくされた機械装置によってすべてが動くように」なった機械仕掛けの髪型まで登場した。

この髪型を見て「健康的かつ建設的だ」などと思う人はいないと思うが、退廃の極

感傷的飾り髪型（フリゲート艦）

（図版提供：ポーラ文化研究所）

みなのである。ステファン・ツヴァイク*は『マリー・アントワネット』（岩波書店）のなかで、彼女が宮殿内にトランプの賭博場を持っていたと書いているが、国王夫妻やその取り巻き連中を覆っていたのは、腐敗であった。

　この髪型のルーツは、当時フランスと交流のあったオスマン帝国の皇帝親衛隊、イェニチェリのかぶっている帽子の飾りである。イェニチェリという軍団は、もともとオスマン帝国が征服戦争の過程で獲得した捕虜をもとに創設された。しかし、1402年にティムールにアンカラの戦いで破れてからしばらくは捕虜の補充ができず、デウシルメという制度が始められた。デウシルメというのは、オスマン帝国の支配下に入ったキリスト教徒家庭の8～20歳の男子のうち、家系や資質の優れたものを強制徴用（デウシルメ）して、イスラーム教徒に改宗させて教育をほどこしてつくりあげたものである。

　したがって、彼らは家族がなく、スルタンへの絶対服従を信条とさせられた。デウシルメの軍団は、当初は規律正しく精鋭部隊として帝国の発展に寄与したが、17世紀以後は軍規が乱れ、無頼集団と化した。下の絵はイェニチェリの行軍中の様子を描いたものである。

イェニチェリ

＊ツヴァイク：1881-1942。叙情詩集で文壇に登場するが、評伝・伝記小説を発表。ユダヤ系であったので、ナチスの迫害を受けイギリス・アメリカを経てブラジルに亡命したが、同地でピストル自殺した。代表作に『マリーアントワネット』『メリー・スチュアート』など多数。

彼らがかぶっている帽子は、トルコ帽といわれるもので、頭を保護するために内側におがくずを詰めていた。そこに頭飾りや羽根飾りを指すのである。この絵からも退廃の徴候はうかがえるが、フランスとの交流が始まったころには、退廃はかなり進んでいたはずである。退廃が退廃と結んで生まれたのが、「感傷的髪飾り」だったのである。

オランダから学べ

司馬遼太郎が、『小学国語　六年　下』に「二十一世紀に生きる君たちへ」という文章を書き、そこで「歴史の中の人々は、自然をおそれ、その力をあがめ、自分たちの上にあるものとして身をつつしんできた」として「抑制こそ文明」というメッセージを発した、ということを「はじめに」で紹介した。

このメッセージは、オランダでの体験から発せられた。その間の事情を具体的に書いている。

私どもがオランダにいたのは九月から十月にかけてだったが、その翌月の十一月、ハーグの近くで、この国が幹事役になり、地球温暖化の問題を中心に、世界の環境大臣があつまって会議をひらいた。オランダがまねいたのにちがいない。

「二酸化炭素の排出量の増加は、地球環境にとって危機です」

そういう総論を学芸欄的にのべるについては、各国代表とも否はない。私はその会議を見たわけではないから正確な描写はできないが、もっともなことです、と各国代表はみなラ・マンチャの騎士（ドン・キホーテのこと。引用者）のような憂い顔でうなずいたにちがいない。

そこでオランダ側は、

「二〇〇〇年までに、排出量を二〇パーセントだけ減らすようご決議ねがいたい」

と提案すると、日本も、米、ソ、英、中国もみなドン・キホーテの従者サンチョ・パンザのように没理想、小利口、打算的になって、くびを横にふった。人生とは、そういうものである。それではメシの食いあげです、経済への影響が大変です、といって一蹴した。

そのあとも、オランダは一国規模で真剣にこの問題にとりくんでいる。偉大なドン・キホーテのようである（『オランダ紀行』）。

晩年の司馬が、バブル期の土地投機に非常な危機感を持っていたことは、つとに知られているが、その本質がポスト工業化社会といわれる資本主義の状況から生まれる、ということも正確に把握していた。かれは、井上ひさしとの対談『国家・宗教・日本人』（講談社）で「資本主義のすり鉢の底のようなアメリカで、ウォール街で怪しげなことをやる。そこは博打場と同じでしょう。博打場へ行って挙措怪しき動作をして、後ろで何か変なものを隠す。おまけにそれを上から下まで合意のうえで糊塗する」と語っているのは、その証左である。

司馬はその危機の克服を「オランダの英知に学べ」、すなわち歴史から学ぶ人類の英知に期待したのである。

第6章

近代国家の陥穽

――バスクとザヴィエルを訪ねて

司馬遼太郎のイベリア半島への興味は「私は聖フランシスコ・ザヴィエル（一五〇六〜五二）のきまじめさと、無垢（むく）な感じがすきである」（『この国のかたち二』）と言っているとおり、ザヴィエルに対する個人的な感情である。と同時に近代の国民国家形成期にその枠組みからはずされた少数民族国家――具体的にはバスク民族――について、考察をすすめている。

司馬は「近代国家というものの悪弊のひとつは〝国民〟を成立させたいのあまり、民族間の牆壁（しょうへき）を高くしたことであった」（『陸奥のみち、肥薩のみちほか街道をゆく3』）と書いているが、そういう認識に達した過程を追うのが、この章の目的である。司馬はザヴィエルの光の部分にのみ視点をあてたが、その闇の部分にも視点をあてた。

（ザヴィエルがきた）戦国期は、日本的な意味で個人ができあがった時代であり、個人個人が自分の生死をきめ、自分の宗教観を、自分の手でもとめざるをえなかった時代であった。

――「ザヴィエル城の息子」『この国のかたち　二』

バスク

司馬遼太郎の「街道をゆく」シリーズの『南蛮のみちⅠ　街道をゆく22』『南蛮のみちⅡ　街道をゆく23』は、イベリア半島紀行であるが、かれのイベリア半島への関心は、フランシスコ・ザヴィエルとバスク人への関心が出発点になっている。

かれの『対談集　東と西』（朝日新聞社）では「私がイベリア半島に行く気になったのは、昔から少数民族としてのバスクに興味があったということもありますけれども、やはりバスク人であったフランシスコ・ザヴィエルの書簡集が昔は岩波文庫にあって、それに非常に感心したわけです」と語っている。

ザヴィエルが生まれたスペイン北部のナバーラ王国はバスク人の王国であり、ザヴィエルの父はその国王であった。ザヴィエルが生まれた当時は、独立国であったが、フランスに加担したため、スペインに攻められ併合された。

バスク地方はピレネー山麓のビスケー湾にのぞむフランス南西部に広がる地方である。バスク民族の起源は太古にさかのぼるといわれ、アルタミラの洞窟絵画を描いたのはおれたちの先祖だ、と言っている。彼らの言語＝バスク語（エウシュカラ＝Euzkeraz）は、近隣のフランス語やスペイン語などのラテン系言語とは異なり、世界のどの言語にも系統づけられていない。メリメの『カルメン』のなかで、ホセが自己紹介で「私どもバスクの者は、一種とくべつな言葉の調子を持っておりますので、容易にスペインと区別できます。ところがこの反対に、ただひとこと、bai jaona（はい、そうです）というのをおぼえることのできるものは、スペインの中には一人もありません。ですから、私がバスクから出て来た男だということをカルメンは難なく推察したのです」と語っている（矢島文夫『知的な冒険の旅へ』中公文庫）。

このバスク民族を小説で取り上げたのが、井上ひさしの『吉里吉里人』である。その作品を「**根ぶとい近代国家批判をすえ**」た作品と評価して、都立高校での教員生活が長かった大江一道は、吉里吉里国独立第一回卓球ワールドカップに参加したバスク代表を紹介した「バスク(バシク)代表は、フランス(フランシ)どスペイン(シペエン)さばらばら散らばって住(しま)わせられで居(え)っこった。んで、バスク(バシク)の民(たみ)はバスク(バシク)の民(たみ)で一箇所(ひとつどご)さ集(たが)って、自分達(づぶんだつ)の国(くに)ば拵しら(こしゃえっ)えるべど運動ば為(す)て居(え)っとこなんのす」という部分を取り上げ次のように言っている。

このセリフを読んで、バスクについての歴史的パースペクティヴと現状が、すぐ頭に浮かんでくるような歴史の勉強というものを、日本人は過去も現在も学校でやっていない。それは、時間不足などという理由からではまったくなく、視点の欠落によるためである。集権的統一国家が形成されるプロセスで生じる少数民族に眼を向けるのでなく、形成された大国家だけを教える――教わる、という歴史の教育では、たとえばバスクもブルターニュも、視圏のなかに入ってこようはずがない（大江一道『入門　世界歴史の読み方』太字、引用者）。

この井上ひさしの作品については、司馬も注目していて、『南蛮のみちⅠ』で、次のように書いている。


言語。

それは、それほどまでに神秘的で根元的で、集団としての人間の生命の証しのようなものなのか。

（どういうことなのだろう）

私には、わかりにくい。私は、日本語の列島に住むただの日本人にすぎない。

私どもはかろうじて『吉里吉里人』という文学作品を所有しているものの、この種の問題にはとぼしい想像力しかもっていないのである。

この大江の主張を例えば、現在高校での採用が第一の『詳説世界史B』で、なぞってゆけば「近代ヨーロッパの成立」という章で、「自己の支配領域を明確な国境でかこいこみ、外に対して君主のみが国を代表する国内秩序(ちつじょ)をきずくようになった。こうした国家を**主権国家**といい、近代国家の原型となった」とし、その主権国家の形成期に絶対王政*とよばれる政治体制が、スペイン、フランス、イギリスに成立した、と説明していく。まさに、大江が言うように**排除された少数民族への視点はないのである。**

ちなみに、『世界史B用語集』によれば、バスク民族運動について、記述している教科書は一種類である。

大江は前引した部分に続けて「わが国の人は、このバスク人と近世の〈第一の〉開国のときに出会っているのだ。日本に最初にキリスト教をもたらした、あのフランシスコ・ザヴィエルである。ザヴィエルをスペイン人としてしまうために、バスク問題への絶好の手がかりをつかみそこねてしまうのだ。しかし、かれをスペイン人としてしまったのでは、日本にまでやってきたザヴィエルの回心の、深層にひそむバスクの運命のことにも、また、いまなおバスク人の血をわかせる独立にも眼が開かれないことになる」と書いている。

司馬の『南蛮のみちⅠ』(朝日文庫版)は、「バスクとそのひとびと」がサブタイト

＊絶対王政：16～18世紀のヨーロッパで、封建国家の最終段階として出現した政治体制で、弱体化しつつある封建権力と成長しつつある市民勢力の力の均衡の上に絶対的な権力を持つ国王が君臨して専制支配を行った。

ルであり、7ページから380ページまで、バスクである。そして、その視点は大江が重視している視点なのである。

司馬は『南蛮のみちI、II』のあとの『オランダ紀行　街道をゆく35』で「(ケルト人と)おなじような問題が、フランスとスペインの国境に横たわるピレネー山脈の谷々にもある。バスク民族の問題である。山脈の谷々に住むバスクという古い少数民族が、近代になってから両大国(フランスとスペイン)の国民にそれぞれ付属させられた。*バスク人たちは、フランス革命をいまなお憎悪する」と書き、「**国家至上主義**」**を「近代の救いがたい病的政治学」と見ている。**

そうした「病的政治学」を生み出した背景については、テッサ・モーリス・スズキの次の分析が参考になる。

> 近代の世界秩序は二つの概念の融合の上に築かれている。その一つは、独立した主権を持つ政治単位としての国民国家 nation state という概念である。もう一つは、起源の共通、文化、歴史を分かち合う人々の集団としての民族国家 ethno-national state という概念である。(中略)民族国家は国民国家の自然的基盤を与えると想定されていたのである。しかし、実際には、けっしてそうはならなかった。一つの困難は、近代国民国家には、常備軍、警察、道路・鉄道網、都市中心部など〝モダニティ(近代性)〟の基礎をなすあらゆるインフラストラク

*スペイン側の3県、ビスカヤ県・ギプスコア県・アラバ県にナバーラ県の西部、フランス側にスール、バス・ナバール、ラブールの3州。1659年、ピレネー条約でスペイン・フランスの国境が画定され、フランス側は中央集権政策によって3州が独自の行政単位を形成できずバラバラに分断されたが、スペイン側は伝統的な行政単位のまま現在に至っているが、1978年バスク自治州が設定されている。

チャーを維持していくだけの規模もまた期待されていたという点である。**その結果、世界中にあった多数の小社会は独立主権の選択肢を否定され、そのかわりに、自分たちとは言語も歴史も異なる人々が優位を占める国々に統合された**（「マイノリティと国民国家の未来」『日本の歴史25　日本はどこへ行くのか』講談社、太字、引用者）。

このテッサ・モーリス・スズキの指摘を司馬の次の記述と併せて読むと、近代国民国家の問題点が浮き彫りになる。

（ムジカ神父はいう）バスクは国として存在したことがありません。（その居住地の）ある部分はナバラ王国に属していました。ある部分はスペイン王国。ある部分はフランス王国。

それは大国が勝手にやっていたことで、古代以来、林間や牧野、あるいは海浜に住みつづけてきたバスク人の暮らしには何の関係もないことだった。

ナバラ王国も、あるいはスペイン王国もフランス王国も、バスク人にとって関係のないものでした。バスク人たちは樫（かし）の木の下（註・ゲルニカの町の樫の木の下）に集まって、相談していろいろのことを決めました。決めたといっても政治とは関係がなく、自分たちの生活のことばかりでした。そのように、ながいあいだバスク人たちは平和に暮らしてきました。たれもが、自分たちは独立していると思っていたんでしょう。

夢のようなはなしではないか。

そのこと（註・バスクの自然的な自治）を、スペイン王もフランス王も認めていたんです（『南蛮のみちⅠ』）。

4＋3＝1とは何か？

司馬遼太郎が『南蛮のみち』のためにスペインを訪れたのは、1982年の9月である。ほぼ同時期の、1980年から82年にかけてスペインに滞在した堀田善衛にもバスクに関連したエッセイ『情熱の行方』（岩波新書）がある。両者とも同じ論点を提示しているので、あげておく。

十数年以前に、飛行機で突然にマドリードに到着するのではなくて、はじめてフランスから車でピレネーの山々を越えてバスク地方へ入って行こうとしていたとき、そのときに私はバスクの人々が、西仏国境をなかにおいてフランス領にも沢山住んでいるのであることをさえ、よくはわきまえていなかった。

だから、国境に程近い、スペイン側からもよく見える筈の山の、広い、岩だけの山肌にペンキの色も鮮かに、

4+3=1

と、ただそれだけが巨大な文字で描かれているのを見たときには、ただ茫然とするばかりであった。

4+3=1とは何か……？

1は7の書き間違いか？

（中略）このときにはまだまだ独裁者フランコは生きていて、バスク語――そうしてカタルーニア地方のカタラン語も――を公式の場所で話したり学校で教えたりすることも禁止されていた。

だから、4+3=1――これを手早く説明しておけば、フランス側のバスクの人々の居住する四つの県と、スペイン側に属する三つの県を一つに統合して、一つの自治区、あるいは独立国をつくろうという、バスクの悲願ともいうべきスローガンなのである。

従って、この当時としては、それはフランス側の山肌にしか書かれえないものであった。言論の自由の有無を、一つの国境を界にしてこれほどまであからさまに見せつけていた例を私は他に知らなかった。

国家とは

司馬は国民国家の形成は、逆に少数民族意識を生みだしたという。国家など形成しなくてもピレネーの豊かな自然のなかで、なに不自由なく生活していたバスク民族に国家という重圧を加えたのはフランス革命であった。司馬は次のように書いている。

人間の精神は、強靭（きょうじん）なものではない。未開時代から中世いっぱいおなじ価値観、風習、言語を共有する小集団に帰属してきた。村に住む農民、町に住む鍛冶屋、城に奉公する武官、文官のくらしを想像すればよい。

「フランス革命がいけなかったのだ」

という言葉を――これはわずかにちがう意味ながら――この旅の途中で、私はバスクの有力者からきくことになる。右の革命が、多様に暮らしてきた小集団群を無視し、国民国家という、広域でかつ平面的な、さらには均一性が高くもある社会をつくりあげ、ヨーロッパの各地方がそれをまねた。**近代国家は、本来、小集団に帰属してこそやすらぐという、魚と魚巣（ぎょそう）の関係に似た精神のしくみを無視した装置だったのだろうか**（『南蛮のみちI』太字、引用者）。

そして、国民国家といわれるものがそうして成立したのであるとするならば、「**バスクだけでなく、今後の世界というのは、各国家における多様な少数者たちの不満が活性化する時代になるのではないか**」と推測する。

この司馬の推測にしたがって、チェチェン独立運動を見てみよう。チェチェン共和国の正式名称は、チェチェノ・イングーシ自治共和国であるが、構成しているチェチェン人、イングーシ人は古来北カフカースの山地に住み、話している言語はナフ・グループ系の言語である。16世紀末にイスラーム教が流入し、19世紀前半に支配的宗教になっている。この地域の併合をめざすロシア軍との激しい戦闘が続くが、１９２0年にソヴィエト政権の支配下に入った。ソヴィエト政権は、「諸民族の友好」という表看板をかかげながら、第二次世界大戦の最中、スターリンは対独協力の恐れがあるとして、チェチェン人を一夜にして根こそぎ中央アジアのカザフスタンに強制移住させた。この時にチェチェン人の半分ないし3分の2が落命したといわれている。

このチェチェンの独立運動をエリツィン政権もプーチン政権も徹底的に弾圧してきた。「少数者たちの不満が活性化する時代」という推測は、司馬だけのものではないが、かれは「(バスク問題の解決が) 西欧という先進文明圏が内蔵している問題だけに、将来、よき解決法の先例」(『南蛮のみちI』) となることを期待している。

フランシスコ・ザヴィエルの光と闇

司馬がザヴィエルへの関心を高めたのは、その書簡集を読んだことにあることは、先述したが、それを読むようになった契機について、次のように書いている。

二十代のころ、聖フランシスコ・ザヴィエルという遠いむかしの異人さんのことで忙殺されていた時期がある。

まだ占領軍統治時代の昭和二十四年五月のことで、ザヴィエルが、現在のスペイン側バスクでうまれてから四百四十三年、日本の鹿児島に上陸して四百年、さらに広東(カントン)の近くの上川島(シャンチュワン)で病没してから三百九十七年という年まわりになる。

「ザヴィエル四百年祭」

という名称だったように記憶している(『南蛮のみちI』)。

こうした必要性から読んで司馬が描いたザヴィエル像は、かれの日本伝道の姿から形成されたものである。ザヴィエルは日本到着の約3カ月後の1549年11月5日に鹿児島から日本通信を送っている。

それによれば、「この国民は、わたくしが会った国民の中で、いちばんすぐれています。わたくしには、どの不信者国民も日本人よりすぐれているものはないと考えられます。日本人は、総体的に良い素質をもっており、悪意がなく、交ってすこぶる感じがよいようです」「わたくしたちは、カゴシマの寺に住む忍室(にんしつ)という老齢のお坊さんや、町の人々と、すっかり親しくなりました。人々は、わたくしたちが、この国民のことを神に告げ、イエス・キリストを信ずることによって霊魂が救われるということを教えるため、はるばる六千レグアの波濤(はとう)をこえて、ポルトガルから来航したということにおどろいています。わたくしたちは、この来航は神の命令によるものだと説明しています」「わたくしたちは、ここ聖信のパウロの国へ来て、町奉行をはじめ多くの民衆から非常に歓迎されています。パウロすなわちアンジローがキリスト者になったことについては、だれも変に思うものがないばかりでなく、むしろ尊敬されています。かれの一家の者も友人たちも、かれが日本人の全く知らないインドへ行って、さまざまなことを見聞してきたのを大いに喜びあっています」（村上重良「胡椒と霊魂のために――東洋の使徒ザヴィエル」『世界歴史物語5　西洋のひろがり』河出書房）などと書かれており、そこから「フランシスコ・ザヴィエルは実在したのか。滑稽なことだが、そういう理性以前の感覚が、わたしのどこかにわだかまって離れない。げんにかれは多くの書翰（しょかん）をのこした。死後、幾種類かの入念な肖像画も描かれた。そのほか、かれとつきあったひとびとによる記録ものこっており、生存した痕跡がこれほど濃厚なひともすくない。しかしその人柄の根に存在の稀薄さを感じさせる。こういう感覚の経験は、私どもの日常にもある。若い女性などで、きわめてまれだが、聖性を感じさせるほどに透きとおった人柄や気持のひとがいる。接していて、こちらが不安になる。こういう人は夭折（わかじに）するのではないかという相手の存在についての不安である。歴史上のザヴィエルもそれに似ている」（『南蛮のみちI』）という賞賛が引き出されている。

ザヴィエルの日本滞在は2年あまりにすぎなかったが、鹿児島から京都におよぶ西日本の各地をめぐり、かれの手で洗礼を受けた日本人は千人におよぶと言われている。

こうした関心からなされた司馬のザヴィエルをめぐる旅——パリ大学*の学生時代から故郷のザヴィエル城に向かう旅——は、ピレネー山脈の西端一帯のバスク人居住区を通りぬける旅であった。ザヴィエルは1534年に設立されたイエズス会の宣教師であり、設立の中心人物であったイグナティウス・デ・ロヨラの秘書でもあったので、まず、ロヨラとの関係から見てゆこう。

ザヴィエルの母国、ナバラ王国がスペインに併合されたことは先述したが、かれの父はフランスに加担して戦死した。ザヴィエル兄弟は父と王国の仇を晴らすため、スペインに挑戦したが、敗れ、ナバラ王国再建の夢は絶たれた。武人としての夢を絶たれた19歳のザヴィエルはパリに出て、パリ大学で学ぶことになる。

ザヴィエル兄弟がスペインにいどんだときに、敵側についたバスク人のなかに、イグナティウス・デ・ロヨラがいた。ロヨラはこの戦闘で重傷を負い、片足の自由を失い、軍人としての将来も失った。神父になる決意をかためたロヨラは、34歳にしてラテン語の勉強を始め、スペイン中央部のアルカラ大学に入学したが、狂人あつかいされ、1528年にパリ大学に移った。そこには、すでに3年先輩として、ザヴィエルがいた。この2人の出会いを司馬は「国家をうしなったかれらが、カトリックという普遍性のなかに不滅の生甲斐を見出し、異郷の地の異教徒のなかに入って神の国の民をつくろうとしたのは、自然であったような気がしてくる」(『南蛮のみちI』、この

*パリ大学：12世紀半ばに成立した。中世の大学は学生中心型（ボローニャ大学）と教授中心型の二つ存在したが、パリ大学は教授中心型であった。13世紀末にソルボンヌが創始した神学部が有名で、中世神学研究の中心となった。

章の引用は、特にことわらないかぎり、『南蛮のみちⅠ、Ⅱ』による）と書いている。

ロヨラとイエズス会

司馬の旅は、ザヴィエルの出身地、ナバラに残るザヴィエル城を目指すが、ロヨラの出身地のパンプローナはその手前である。パンプローナのロヨラの城に向かう車の中で、司馬はロヨラへの思いを次のように書きつける。


ロヨラ。

イグナティウス・デ・ロヨラ
「イニィゴ」というバスク名前でよばれた貴族。

狂相のひと。

パンプロナ城の籠城戦で脚をくだかれた傷痍軍人。

地上で仕えるべき主（ぬし）をうしなった人。

パリ大学における物覚えのわるい老学生。

人文科学者エラスムスや、宗教改革者ルターを害虫のように思っている人。

堕落しきっている教会に憤りをもたず、逆にヨーロッパを津波のように浸（ひた）しつつある反教会、反カトリックの気分こそ雲霞（うんか）のような敵と見、籠城戦の最後の勇者のように、孤剣（こけん）をもって戦おうとした人。

その生涯をただ一点の主題に集約した人。
聖人。（『南蛮のみちI』太字、引用者）

１５２８年からパリで生活し始めたロヨラは、１５３４年8月15日、パリ大学で知り合ったザヴィエルら6人の同志とモンマルトルのマリア聖堂で、第一に清貧・貞潔、第二に学業を終えたらエルサレムまたは教皇の命ずるいかなる土地へも赴（おもむ）いて終生伝道に身を捧げる、という請願を立てた。彼らがそうした誓いを立てた背景には、ルターの教会批判に端を発した聖職者たちの腐敗と堕落の追及に応える意味があった。これが、実質的にイエズス会（イエズスはイエスの軍隊の意で、当初の名前はイエズス隊であった）の創立である。

会は１５４０年に教皇パウルス3世から修道会として、正式に認可される。会員の増加に伴って、第三に会の首長への絶対服従、第四に教皇への絶対服従をかかげ、カトリックの中世的な体質を改善する改革の先頭に立ち、わかりやすい説教で信者の拡大につとめるとともに、いっさいの謝礼を拒んで民衆教育、とくに女性の教育に力を注いだ。

こうしたことを背景に考えると、例えば、「**堕落している教会に憤りをもたず**」などという評価はうなずける。また、次の司馬の言説は理解できる。

ロヨラの時代は、カトリックは惨況にあった。こういう状況で政治的工作をしたり扇動にかけまわったりしても、結局は敵を強くするだけである。また味方(教会)の僧尼の堕落をなげいて、内部で処士横議(しょしおうぎ)してまわっても、なんの足しにもならない。そういうことを知っていた人物だったらしい。

かれがめざしたのは、自分自身がまじめになるということだった。さらには、小人数でもまじめな者をあつめるということであった。(中略)かれが開発した特異の瞑想の行(ぎょう)でもって、神の(あるいはキリスト、またはマリアの)騎士をつくりあげるのである。かれらは神の(あるいはマリアという女王の)勅命をうけて異郷にゆくだろう。そこで討死するだろう。そういうことを、エラスムスやルターの徒がやるか、やりはしない、というのが、かれの戦闘思想であり方法だった(『南蛮のみちⅠ』)。

１５１７年のルターの「95か条の論題」の発表が宗教改革の口火となったことは、高校世界史でも必ず習うところであるが、その発表の背景はメディチ家出身の教皇レオ10世が許可した贖宥状(しょくゆうじょう)の発行であった。

贖宥状とは、もともと十字軍遠征の費用をかせぐために、12世紀にイベリア半島で発売されたのが、最初である。カトリック教会は、人間の犯した罪の中で軽罪は教会でも宥(ゆる)すことができるとし、その宥しを金で買うのが贖宥状である。

それが、ルターの時代になると「贖宥状の代金を箱に入れチャリンと音がすると、魂は天国に行く」などと言って売り歩く者まで出てきた。これは、販売人個人の問題ではなく、当時の教皇庁の雰囲気であった。それを堀田善衛は次のように説明している。

(ボニファティウス8世)が法王になると、ローマは財政的にも非常に豊かなところでもあったから、それをもっと豊かにしようということになり、教会が富むことは神のためによいことである、という論理がそこに出てきた。つまり、どんどん富めるようにしよう、と。そういうときに出てくるのは、どこでも同じかもしれないが、聖職売買、同族の登用、なにぶん選挙であるから法王の位は世襲できない。したがって、一代で何でもかき集めてしまえということになり、聖職の売買だけではなくて、免罪符というものを発行する。罪を罪ではないとしてくれる免罪符を売りつける。これはいわば、ローマによる魂の救済を抵当にした財テクみたいなものである。言い方を換えれば、天国を抵当に入れた証券といったものを発行しだした(堀田善衛『NHK人間大学　時代と人間』)。

ついでに書いておけば、教皇レオ10世という人は、数多い教皇のなかでももっとも俗悪な人物として名高い。彼はメディチ家*出身で、本名はジョバンニといい、ロレンツォの次男であった。17歳で枢機卿の一人になったが、父のロレンツォがジョバンニ

*メディチ家：フィレンツェの大富豪で、14世紀末に教皇庁の金融業者として巨富を積んだ。ロレンツォの時代に全盛期を迎え、学芸を積極的に保護・奨励したため、多くの学者や芸術家がフィレンツェには集まった。

におくった手紙が残っていて、そこには「午前中に起きて、スポーツをやり、体重を減らせ」と書いてあった、という。まさに、無為徒食の徒であった（若桑みどり『フィレンツェ』文藝春秋）。

日本におけるフランシスコ・ザヴィエル

ザヴィエルが日本への布教を思い立った経緯はかなり知られている。司馬も『南蛮のみちⅠ』で詳細に記しているが、始まりの部分がかけているので、小岸昭「『インドの使徒』ザビエルとユダヤ人」（徳永恂・小岸昭『インド・ユダヤ人の光と闇』新曜社所収）からその部分を要約して紹介する。

１５４６年の秋口から初冬の時期、鹿児島湾山川（イアマンゴ）の港で、ザビエルの友人のポルトガル人船長ジョルジェ・アルヴァレスはアンジロウという日本人に乗船を依頼される。かれは、人を殺し、身をひそめていたが、ポルトガル商人からインドにフランシスコ・ザビエルという聖徒がおり、彼ならば大罪を犯したものでも迎えてくれるといわれ、紹介状まで書いてもらった。それで乗船させ、１５４７年12月７日、マラッカの「丘の聖母教会」でザビエルに会わせる。この男の国でなら「神の国」を実現できるというひらめきを得たザビエルは日本に向かう。

以下は、司馬の記述。

ザヴィエルが、日本の鹿児島に上陸したのは、一五四九年（天文十八）である。秀吉や家康の少年期で、武田晴信（信玄）などの活動期であった。ときに八月十五日で、聖母被昇天の祝日であるとともに、十五年前、モンマルトルの丘でイエズス会を結成した日にあたることをザヴィエルはふしぎにおもった（『南蛮のみちⅠ』）。

彼が東洋を訪（おとず）れたのは日本伝道が目的ではなく、インドでの布教が目的であった。ロヨラの秘書であったザヴィエルが、インド宣教の大役を病気のボバディリャに代わって引き受け、「行く先々を信仰の炎で包め」というロヨラの言葉を胸にポルトガルのリスボンに到着したのは、1540年の6月末であった。ポルトガル国王、ジョアン3世が偶像崇拝のインド人をキリスト教化するという希望を持っており、ロヨラがそれに応えたからである。

1498年5月にインド南部、マラバール海岸のカリカットに到着したヴァスコ・ダ・ガマの一行が「こんなに遠くまではるばる何を探しに来たのですか」と問われて「キリスト教徒と香料を探しにきました」と答えたというエピソードは有名である。

ポルトガルが進出する以前のインド洋海域は「公海」であり、商業に関するかぎりは自由な空間であった。そこへ、ヨーロッパへの香料と胡椒貿易の独占により、莫大な利益をあげることをもくろんで進出したポルトガルは、インドの西海岸で略奪や放火、殺戮などの残虐行為をほしいままにして、香料貿易の拠点をつぎつぎに築きあげていき、最盛期には50の拠点と100隻の艦隊を配備するにいたった（佐藤正哲、中里成章、水島司『世界の歴史14　ムガル帝国から英領インドへ』中央公論社）。

しかし「霊魂」、すなわち住民のキリスト教化は、まったく進まなかった。キリスト教徒であるはずの在住ポルトガル人たちは、植民地特有の、荒廃した享楽生活をおくって、住民の反感と軽蔑をかっていた。住民への布教も、イスラーム教徒やヒンズー教徒の襲撃をおそれて、試みる宣教師のない状態であった。ジョアン3世の熱望は当然のことであった。

異端審問

インドに行くまでのリスボン滞在中の1540年9月26日、ザヴィエルはそこで最初に行われた火炙りの刑「アウトダフェ」を目撃する。処刑されたのは「隠れユダヤ教徒＝マラーノ」の2人であった。この火刑は、1492年3月31日、グラナダのアルハンブラ宮殿に入城した隣国スペインのイサベルとフェルディナンドの両王（当時のスペインは、カスティリア女王イサベルとアラゴン国王フェルディナンドの共同統治であった）が、「すべてのユダヤ人を7月末までにこの国から追放する」という勅令にサインしたためであった。追放されたユダヤ人はポルトガルに避難した。カトリックでは、ユダヤ教徒は異端者として冷酷非情に排除抹殺されなくてはならないとされていた。

そのユダヤ人を摘発して火刑にしたのであるが、その勅令が出される以前から、カスティリアではユダヤ教徒迫害が始まっていた。1478年、ユダヤ教からキリスト教に改宗したコンベルソス（新キリスト教徒）は「隠れユダヤ教徒ではないか」という疑念から、異端審問所*が設置された。本当の理由は、コンベルソスの財産を没収するためと見られている。この迫害によって、カスティリアのユダヤ教徒約15万人のうち、65%が犠牲になったという（飯塚一郎『大航海時代へのイベリア』中公新書）。

また、ゴヤの評伝4部作を書いた堀田善衛は「一四七一年に、カスティーリアのイサベル女王とアラゴン王フェルナンドの手によって設立された異端審問所は、一七八一年までの三一〇年間に、年間平均一〇〇人を焼き殺し、九〇〇人を投獄した。合計のところで言えば、この三世紀の間に三万二〇〇〇人が焚殺され、一万七〇〇〇人が絞首刑に処せられた。そうして二九万一〇〇〇人が投獄された（『ゴヤ1　スペイン・光と影』新潮社）。

こうした迫害のなかで、スペインから追放されたユダヤ教徒6万人が、ポルトガルに流入していた。1536年、ジョアン3世は「マラーノ」の摘発を目的として、ローマ教皇の認可を得て異端審問所を設置した。審問所で「異端」と判断されれば、待っているのは火刑＝抹殺であった。

＊異端審問所：本文中にあるように、スペイン王国が設けた異端取り締まりの機関で、ユダヤ教徒を迫害し、イスラーム教徒を追放して、カトリックによる宗教的統一を強化する役割を果たした。

ザヴィエルのリスボンにおける聖務は、主にユダヤ教信仰のかどで収監（しゅうかん）されていた隠れユダヤ教徒「マラーノ」の世話、処刑までを見守ることであった。前述の火刑がおこなわれたあとの、ザヴィエルのロヨラ宛書簡を検討した小岸昭は、「ザビエルはしかし、人間が生きたまま焼き殺されるというこの野蛮な『宗教ショー』の主催者側にぴたりと身を寄せていたにもかかわらず、囚人たちの『霊魂の救い』や、主なる神の『恩恵』についてしか述べていない」と記している（「『インドの使徒』ザビエルとユダヤ人」徳永恂・小岸昭『インド・ユダヤ人の光と闇』新曜社）。

このリスボン滞在中のザヴィエルについては、司馬も書いているが、それは小岸が書いている視点からのものではない。

ジョアン三世は、ザヴィエルに対し、

「出帆まであなたを手厚くもてなしたい」

として、王宮に付属する住まいをあたえようとし、また身のまわりのことや食事については宮廷の大膳職（だいぜんしょく）にそれをさせるべくはからったが、ザヴィエルはそれらをいっさいことわり、弊衣（へいい）のまま病院に泊まり、街を托鉢（たくはつ）して歩いて食べものを得た。

ザヴィエルのリスボン滞在中、法王から親書がとどいた。極東における法王の代理者に任ずるというのである。ザヴィエルの資格は、王侯にひとしかった。

しかしかれは、王や貴族たちが、せめて従僕をつけましょうと申し出てもことわり、衣服などはすべて自分で洗濯し、干した。

「それが、私どもが威望と権力を握る唯一の道なのです」

と、かれは貴族のひとりにいった。

やがて東洋への船隊（五隻）がリスボンを出帆することになる。ザヴィエルの乗船はそのうちの最大の「サンチャゴ号」（七〇〇トン）であった。法王の代理者であるかれには特別室が用意されたが、ついにその部屋に入らず、つねに一般乗客と一緒にいた。わずか七〇〇トンの「サンチャゴ号」に五、六百人の人が詰めこまれていた。人間を鮒鮨（ふなずし）にするような過密さだった。

衛生状態は極度にわるく、途中、ほとんどの人が病人になった。ザヴィエルはかれらを看護し、汚れものの洗濯をしてやったりした。当時、高位の僧職者は貴族そのものであったことを思うと、異常なありかたといわねばならない。**日本人にキリスト教を運んできたのは、このような人物だったことを考えておかねば、戦国期におけるキリシタンの爆発的な増加という事情がわかりにくい**（『南蛮のみちII』太字、引用者）。

さきに第4章でふれた、井上ひさしが『道元の冒険』の「あとがき」に書いた信仰理由を参考にすれば、この司馬の評価は適切なものといえる。

１５４１年４月７日にポルトガルを出発したザヴィエルが、インドのゴア（ポルトガル総督府の置かれていた町）に着いたのは翌42年5月６日であった。ポルトガルのゴア占領は、インド総督アルブケルケの指揮のもとに、１５１０年11月におこなわれたが、アルブケルケはゴアの町並みを破壊し、リスボンを模した新しい町を建設した。

この新しいゴアについて、ザヴィエルは「全住民が信者で、驚くほど立派な町ゴアに着いてから、もう四カ月以上になります。フランシスコ会の修道者たちが大勢いる修道院があり、立派な司教座聖堂もあり、また参事会司祭が大勢おりますし、そのほかたくさんの教会があります。こんな遠隔の地で、こんなにたくさんの未信者たちのなかで、キリストの御名（みな）がこれほどまでに栄えているのを見て、主なる神に感謝せざるをえません」（小岸昭、前掲書）と賛美している。このゴアで、ザヴィエルは病人たちの告解を聞いたり、聖体拝領（せいたいはいりょう）をさせるのを日課としていた。この告解という制度についてであるが、この制度ができるのは、13世紀のことである。その具体的様子が、映画化もされたフランク・マコート『アンジェラの灰』（新潮社、カトリック国アイルランドで貧乏に負けずに暮らす著者の少年時代の回想録）の中で次のように書かれている。

告解を望むかね？（中略）

では、聖フランシスに話しなさい。私たちはここにすわり、お前は気にかかっていることを聖フランシスに話す。私もここにすわって聞くが、私は一対の耳だ。聖フランシスと主の耳にすぎない。それで話せるかな？

ぼくは聖フランシスに話す。マーガレットのこと、オリバーのこと、ユージーンのこと。パパがロディ・マコーリーを歌って帰り、お金をもってこないこと。パパがイギリスからお金を送ってこないこと。（中略）ヘルマン・ゲーリングが子供たちをオーブンに詰め込んで、ちっちゃな靴が強制収容所のあっちにもこっちにも散らばったこと。なのに、ゲーリングが縛り首にならなかったこと。（中略）すわって、しばらく静かにしていなさい。お祈りをしてもよい、とグレゴリー神父がいう。（中略）

グレゴリー神父は聖フランシスと聖櫃を見て、うなずく。きっと神様と話をしているんだ。ひざまずけ、とぼくにいう。ぼくを赦免し、アベマリアを三回、主の祈りを三回、グロリアを三回となえなさい、という。神はお前を許してくださった。だから、お前も自分を許さなければならない。

ユダヤ教徒の殺害者

さて、インドでのザヴィエルの布教活動はうまくいかなかった。彼はそれを「私が今までに会ったこの地のインド人は、イスラム教徒にしても異教徒にしても、きわめて無知です」と書き、さらに「信者たちに悪事をしようとする人びとは、私に対しても悪事をたくらむ者です。私にとって生きているのは苦痛であり、神の教えと信仰を証すために死ぬほうがましであると思います」と書いている（小岸、前掲書による）。

このザヴィエルの心情、「神の教えと信仰を証すために死ぬほうがましである」の絶望を救うためには、『信者たちに悪事をしようとする人びと』を抹殺してもかまわない」という心情につながると小岸は言う。そして、ザヴィエルはジョアン3世に「悪事をしようとする人びと」を摘発するために異端審問所の設置を提案する。「悪事をしようとする人びと」とは、ユダヤ教徒である。

ゴアに異端審問所が設置されるのは、この提案の14年後の1560年である。ザヴィエルは中国布教に赴く途中の1552年12月3日、上川島で没しているが、この審問所は1814年に廃止されるまでの間に4046人に有罪を宣告し、121人を火刑に処した。また、運よく火刑をまぬかれた者でも、奴隷と同様にガレー船の櫓漕ぎなどの重労働の刑を科された。

ザヴィエルは1622年に教皇グレゴリウス15世によって「聖人」に列せられるが、彼は異端追及の先兵でもあったのである。

ユダヤ人迫害

司馬は、前述したような視点からザヴィエルのユダヤ人迫害については、触れていいないが、『オランダ紀行』のなかでユダヤ人迫害に触れている。

十三世紀初頭、ローマ教会は、ユダヤ人を、農耕からも手工業からも閉めだしたため、かれらは生きるすべをうしない、行商か金貸しをせざるをえなかった。ユダヤ人が好んで金融業者になったのではなく、そこへ追いこまれたといっていい。

さらには、ユダヤ教徒たる者はキリスト教徒と結婚してはいけない、という禁制がヨーロッパ世界に布達された。ユダヤ教徒がキリスト教徒を食事に招くことを禁ぜられるという時期が中世のなかでつづいた。

あたかも〝保菌者〟のようなあつかいだった。十三世紀のおわりごろには、キリスト教会からできるだけ離れた場所に集団で住むことを強制された。

「ゲットー（ghetto）」

とよばれる強制隔離地区ができあがるのだが、要するにユダヤ人いじめは、二十世紀にナチスが独創した発明ではなかった（『オランダ紀行』）。

司馬がユダヤ人迫害の歴史を13世紀初頭にもっていったのは、かれの歴史理解の正確さを示している。ヨーロッパ中世史が専門の阿部謹也は次のように述べている。

ユダヤ人は中世社会における唯一の異教徒であり、余所者（よそもの）であった。ヨーロッパの至る所で他の異教徒が改宗させられたり、殺されたりしていたのに、ユダヤ人はなぜ改宗もせず、生き残ったのだろうか。キリスト教社会はユダヤ人を保護してきたとさえいえるのである。

ユダヤ人がおかれていたこの矛盾した立場はイエスがユダヤ人であったということと関わっている。キリスト教会ははじめユダヤ人を改宗させる努力をしたのだが、それは困難であった。ユダヤ人を抹殺してしまえばイエスの民族であるユダヤ民族がイエスを神として認める機会を失してしまうことになる。このような事情で教会はユダヤ人を教区教会の外に置き、キリスト教徒の信仰を守ろうとしていたのである。

一一世紀まではヨーロッパにおいては商人が十分に成立していなかったから、ユダヤ人はそれに代わる存在として必要とされており、各地でユダヤ人に対して寛容な政策が採られていた（『物語　ドイツの歴史』中公新書、太字、引用者）。

その事情が変わるのは、十字軍遠征であった。遠征に参加したなかにいた規律のない浮浪者のような集団や、自分たちがサラセンとの戦いに命と財産をかけているときに、その聖なる事業から利益を得るユダヤ商人は許せないとする集団が、ユダヤ人の村を襲撃し、それが次第に拡大、日常化してゆく。

イギリスでは、1189年リチャード1世の即位のとき、暴動が起こってロンドンのユダヤ街を略奪し、その住民の多数を殺した。この暴動は翌年の春には全国に拡大している。

司馬が「十三世紀初頭」というのは、1215年11月にインノケンティウス3世*が主宰した第4回のラテラノ公会議を指す。決議ではユダヤ人やサラセン人（イスラーム教徒）がキリスト教徒からはっきり区別できる服装を着用することが義務づけられた。

イギリスでは、1217年にヘンリ3世がユダヤ人の上衣に十戒を書いた白いリンネルか羊皮紙の札をつけることを命じた。フランスでは、ルイ9世*（1226〜70）のとき、フェルトあるいはリンネルの縦4インチ横3インチほどの大きさの黄色い布地のマークを男女ともに上衣の前と後につけねばならない、とされた。その他の国でも、さまざまな差別の印の着用が義務づけられた。そして、この規定は18世紀まで効力をもっていた。

さらに、商業活動が活発になるなかで、中世初期に卑しい職業として、ユダヤ人に委ねられていた商業にキリスト教徒が進出することによって、差別が強められていった（阿部謹也『中世の星の下で』ちくま文庫）。

*インノケンティウス3世：在位（1198-1216）。教皇権絶頂期のローマ教皇。かれの言葉として残されている「教皇は太陽、皇帝は月」は有名であるが、フランス王フィリップ2世、イギリス王ジョンを破門し、臣従させた。また、第4回十字軍やアルビジョワ十字軍を派遣した

*ルイ9世：カペー朝の王。南フランスでの領土拡大につとめ、イギリスのヘンリ3世からの領土拡大をすすめた。また、第6回、7回十字軍を起こしたがチュニスで病没した。モンゴル帝国のカラコルムにウィリアム・ルブルックを派遣したのでも、有名。

Column　イエズス会の奴隷貿易

イエズス会の支持基盤は、ポルトガル・スペインであったが、ヨーロッパの主導権がイ

ベリア半島からオランダ、イギリスに移行するとともに、支配階級の支持を失った。そして、全ヨーロッパをおおった近代化の風潮に取り残され、「イエスの軍隊」は、次第に政治的な陰謀集団として危険視されるようになり、初期にみられた熱烈な純粋さや封建的な厳格さがうすれて、品行の悪い会士や金もうけに狂奔する聖職者が指弾を受けるようになった。1767年以降は、スペインでもポルトガルでも活動が禁止された。スペインでのイエズス会の評判は「夜とイエズス会は必ず戻って来る」という言い方があったように、とにかく毛嫌いされていた（堀田善衛『ゴヤ3 巨人の影に』新潮社）。

藤木久志『雑兵たちの戦場』（朝日新聞社）は、1587（天正15）年の秀吉の九州統一の後、秀吉がイエズス会の宣教師を「ポルトガル人が多数の日本人を買い、これを奴隷として、その国に連れて行くは、何故であるか」と詰問していること、九州の領主たちやバテレンと結託した黒船が、日本から数多くの男女を買い取っては、東南アジアに積み出している事実をふまえて、「イエズス会自身が、実はもともと、日本から少年少女の奴隷を連れ出すポルトガル商人に、公然と輸出許可の署名を与えていた」と指摘し、さらに『日本の歴史15 織田・豊臣政権』（小学館）で、「スペイン・イエズス会の構想は、日本を植民地化し、日本のキリシタン大名と連合し、中国を征服する、というものであった。豊臣秀吉の大陸侵略は、このイエズス会の構想と対決するかたちで強行されたものである」と断じている。日本の大名が朝鮮から拉致した人々の処置に困ったときに、メキシコの銀採掘場で奴隷として使うことを提唱したのも、イエズス会である。

英語の「ジェスイット＝Jesuit」に「奇弁家、策略家」の意味があるのは、そうした活動のためである。1773年、教皇クレメンス14世は、フランスのブルボン家と抗争していたイエズス会に対して解散を命じたが、これでヨーロッパのイエズス会はすべて解散させられた。

1814年、教皇ピウス7世は、イエズス会を再公認したが、再発足後のイエズス会は、もっぱら教育機関の設立と民衆の教化に活動の重点を置くようになった（村上重良『世界宗教辞典』講談社）。

再び、木を切って滅んだ国とカーレーズ（カナート）

自身、「木を切って滅んだ文明という妄想がある」というだけに、かれの『街道をゆく』の外国編には、その視点から見られる光景があちこちで語られている。そのうちのいくつかは、すでに紹介したが、ここではイベリア半島のそれについて紹介する。緑豊かなバスク地方を離れて、マドリードに向かう飛行機から赤茶けたスペインの内陸部を見て司馬は「川の流域だけがわずかに緑色に刷かれていて、あとは起伏の多い半砂漠というにちかく、ただ、点々とオリーヴの樹が見られるのがわずかな目のやすらぎだった」という印象を受け、同行の人に「**スペインは、森をうしなって衰えたのですな**」**と語りかける**。**そして**「**赤茶けた大地**」**が、スペインの原風景ではない、という**。イスパニア（スペイン）の語源は「兎の国」であるが、兎が多かったというのは、草木がゆたかであったからであろう、と推測する。

この地の南部を8世紀から15世紀末まで占領したイスラーム勢力*は、「カーレーズ（カナート）」と呼ばれる地下水を汲み上げる乾燥地特有の灌漑法を普及させた、と司

*イスラーム勢力：本文中に「この地の南部を8世紀から15世紀末まで占領したイスラーム勢力」とあるので、後ウマイア朝（756-1031）とナスル朝（1230-1492）であることが、判断できる。前者の都はコルドバでイベリア半島のイスラーム文化と政治の中心都市として栄え、後者の都はグラナダである。グラナダにある「赤い城」を意味するアルハンブラ宮殿はイスラーム建築の代表でもある。

馬はいう。

「カーレーズ」とは、「まず、山麓地帯で地下含水層をさがし出すことから始められる。タテに掘りぬいて水脈に達すると、地下水を溝川のように流す坑道を掘ってゆくのである。この地下構造は、こんにちの都市下水道を想像すればよい。それを農場までみちびいてきて、地表に任意に井戸穴を掘り、桶(おけ)を投げ入れることによって地下水道から水を汲み上げる」方法である(『南蛮のみちⅡ』)。

この方法によって、スペイン南部を占領・支配したイスラーム勢力は農業を発展させ、それまで同地に存在しなかった米・砂糖きび・綿を導入した、と司馬は言っている。このカーレーズは国土を回復したスペインが、破壊したり手入れをしなかったりしたため、機能しなくなった。

カーレーズの維持はたいへんな労力を要する。杉山正明は『遊牧民から見た世界史』(日本経済新聞社)で「完成すれば、それでおしまいとはならない。横穴は、いつ崩落(ほうらく)しないともかぎらない。たえず補修に気を使わなければならない。この地下水路にささえられた村や町、農地や緑地は、人工の極致といっていい」と書いている。

レコンキスタ*で国土をとりもどしたスペインは、カーレーズの維持に意を用いず、さらには都市生活のために森林を伐採したため、いよいよ赤茶けてしまった、と司馬は自論を展開し、嘆き続ける。

＊レコンキスタ：711〜1492年にイベリア半島で展開された国土回復運動をさす。西ゴート王国が711年にイスラーム勢力よって滅亡したのち、カトリック教徒は建国運動を起こし、1492年のグラナダ陥落でいちおう達成した。

「私は、歴史的スペインと、日本における環境破壊の現象をかさねつつ、わがスペインはおろかなことをしたとおもわざるをえない」

「ポルトガルをふくむこのイベリア半島のひとびとによる大航海時代によって、世界史は一変したといっていい。スペインはアメリカ大陸を得、フィリピンを得、**新植民地で人類史上まれにみる殺戮と収奪をくりかえしつつ**、金銀その他高価な物品をとめどもなくこの半島にもちかえった。スペイン王も貴族も教会も船載されてくる富のために血ぶくれするほどに豊かになった」

「当時のスペインにあっては、新植民地から送られてくる金銀は、主として王のものとなった。王は華麗なヨーロッパ外交を展開し、かつ強盗のための費用――軍事費――の支出に追われ、結果として国際金融業者から金を借り入れるようになった。入ってくる金銀は国際金融業者の手にわたり、ついには一五五七年、フェリペ二世は破産宣言をおこなうというしまつだった」

「こう考えてくると、あのかがやかしい大航海時代というのは、スペインにとってなんのためのものだったのか、考えこまざるをえない。一国が一目的に大傾斜するとこうなってしまうという歴史的好例のようなものである」

Column　米料理

司馬が話題にしているスペイン南部地方は、アンダルシアというが、これはアラビア語のアル・アンダースが語源である。イスラーム教徒は、8世紀以降ヨーロッパ南部の広範な地域に進出しているが、その進出した地域を簡単に見分ける方法がある。米食の習慣のある地域が、そうである。司馬が言うように水田で稲作を行う方法は、イスラーム教徒がもたらした。当然のことながら、米料理がある。

スペインのパエリャ、ポルトガルのアローシュ、イタリアのリゾットなどがそうである。例えば、世界中でバレンシア・パエリャとしてメニューに登場しているのは、ウナギ・エスカルゴ・インゲン豆と米をオリーブ油で炊きあげたものである。アローシュとリゾットは日本でいう「おじや」である。

なお、上田和子『おいしい古代ローマ物語』(原書房)によれば、古代ローマでも料理にとろみをつけるためのデンプン質として米は利用されていたが、それはインドから輸入したものであった。

日本公開当時、主演女優シルヴァーナ・マンガーノの放つエロティシズムが話題になった、イタリア映画『にがい米』は、北イタリアの水田地帯を舞台に、犯罪に巻き込まれた女性季節労働者の姿を描いたネオリアリズムの秀作であるが、『にがい米』は、水田労働の過酷さ、の比喩であろう。

甲板を発明したのは?

前引した『時代の風音』の中で、司馬は宮崎駿に、ポルトガルに行ったのはだれが甲板(かんぱん)を発明したのか、知りたかったからだ、と語り、そしてその理由を「大航海時代に日本に来たポルトガル船は樽と同じ構造をもっています。樽は沈みませんでしょう。樽に栓があるように、ポルトガル船にはハッチがあって、そのハッチの扉を閉めると、荒海でもまったく水が上がってきません。それまで地中海を往復していたお椀のような船に代わって、だれが樽のような船を発明したんだろう、エンリケ航海王子だろうかとか、いろいろ思いつつそこへ行きました」と説明している。

それを『南蛮のみちII』では、「もし『水密甲板』（水密性の高い、甲板の意。引用者）の発明がなければ、大航海時代は現出しなかったろう。と空想するのは、わたしの楽しみのひとつである。右の質問というのは、べつに大げさな動機によるものではなく、大航海時代という世界史の巨大な緊張を、樽のように緊密に張られ、その栓をそっくりの船艙口（ハッチ）から、葡萄酒でなく、人が出入りする甲板という具体的なモノによって実感したいと思うだけのことである」と語っている。この司馬の視点は大事なのである。

高校世界史では、大航海時代の全般的な背景として、

①　市民の商業活動の発展
　例えば、ジェノヴァの商船がジブラルタル海峡をこえて、大西洋に入り、イングランドのサウザンプトンに着岸するのは、1277年のことである、など。

②　キリスト教布教の精神
　プレスター・ジョンの国（伝説上の国で、ヨーロッパ以外に存在する白人のキリスト教国で産金国）を発見し、イスラーム世界を挟撃する、など。

③　君主の財政的要求

国家財政と国王の個人的財政が分離していないので、国王が浪費すればするほど国家財政は苦しくなった、など。

④科学技術の進歩

などをあげるのであるが、①～③は説明しても、④は羅針盤の普及程度のことしかやらない。しかし、例えば司馬の指摘する甲板の発明は、たしかに大航海時代を保障したのである。イタリア人のチェゼラーレとベントゥーラによる『コロンブスの航海』（評論社）という絵本によれば、コロンブスが乗船していたサンタ・マリア号には船尾に船長室はあるが、39人いた船員の部屋はない。もちろん船倉はあるが、そこには食料や水などが積み込まれていて、人間の入り込む余地はない。おまけに、船倉はネズミの棲家で、寝ていられる環境にはない。

船員は二班に分けられ、甲板にシートをかぶって交代で寝たのである。甲板がなければ……。

司馬のこの探求は、海軍省立海洋博物館で会った副館長の「残念ながら、甲板の起源は、不明です」「一説では大航海時代よりもずっと前に、アラビア船に甲板があったともいいます。それは古い絵で検討した結果です」という返答で終了する。

第7章

自然に生かされて

——草原からの世界史

今、世界史をかつてのような枠組みで語ることは、できなくなっており、ステップ・ロードやそこを舞台に活躍した、遊牧民の役割を正当に評価する必要が強調されている。例えば杉山正明は『遊牧民から見た世界史』(日本経済新聞社)で、「世界は、ここ一〇〇から一五〇〇年、近代西欧文明を至上のものとする価値観のなかで、生きてきた」ので、遊牧民が「人類史のうえで果たした役割は、適正に評価されてきたとはいいにくい」が、事実は「人類は、遊牧というかたちの生活方法をつくりだすことによって、広大な乾燥した〝不毛の〟大地をも、生活圏にすることができた」と言っている。中央ユーラシアをひとつの〝世界〟とした、遊牧民の活動をみてみよう。

「遊牧」というのは、よく誤解されるように、古代的な未開の形態と考えるべきではない。すでに地球のあらゆる場所で農業が営まれていた歴史時代に、突如あらわれ出た新形式の暮らし方なのである。

——『歴史の舞台』

草原とは？

世界史における「草原」とはどこをさすのか、司馬遼太郎は次のように言う。

遊牧にも適地があり、草原でなければならない。

草原といっても、日本の山や野、都市の空地に生えるような雑草は、羊がなまで食うにしてはあらあらしすぎるのである。

羊がよろこぶ草は、糸のようにほそくて、にら系に属し、ほのかなかおりがする。そのような草がはえる場所は、その生育に必要な気温や空気の乾燥のぐあいが必要なのである。

地球規模でいえばユーラシア大陸ではモンゴル高原が一等場所であった。面積が大きいだけでなく、ゆるやかな起伏に富んでいる。起伏も、遊牧の好条件の一つで、夏、山の上で遊牧し、秋とともにくだってゆけば、低地は遅く秋がくるために牧草はなお緑をなしていて、まことに都合がいい。

モンゴル高原から西方へゆけば、二等場所として天山山脈のふもとにジュンガリア盆地がひろがっている。さらに西にゆき、中央アジアに入ればアムダリアやシルダリアの流域に草原が展開し、これは三等場所というべきだろう。

その西方にも、数珠玉（じゅずだま）のように大小の草原がつながっている。ロシア平原もその一つである。ロシアをへて、細い草原の回廊をたどりつつ西にむかってカルパート山脈をこえれば、ハンガリー平原になる。アジア系遊牧民族からみれば、ヨーロッパで数すくない遊牧の適地といっていい（『草原の記』新潮文庫）。


この草原を通る道、ステップ・ロード*が「東西ユーラシアのハイウェー」（杉山）であり、東西を結びつける最短の最も安定した道なのである。

司馬はこのステップ・ロードについて、「〝文明の窓口〟としての朝鮮」という講演で次のように述べている。


たとえば二千五百年前を考えてみましょうか。まだキリストは生まれていません。われわれはどこにいたかといいますと、シベリアにいました。

朝鮮人の先祖の多くもシベリアにいて、日本人の先祖の多くもシベリアにいま

＊杉山正明『遊牧民から見た世界史』によって、地理の教科書風に書けば、次のようになる。
「北は北極海、南はインド洋にはさまれたユーラシアは、沿岸部や島嶼部を除くとおおむね乾燥地帯となる。この乾燥地帯は、北からシベリア、モンゴル高原と続き、パミール高原を境に南東に進めばチベット高原、西に進めばアム河とシル河

した。

そのころのシベリアは、いまと違って暖かかったと思います。いまのバイカル湖周辺を頭に描いていただきますと、（中略）ちょっと想像しにくいことですが、ギリシャの文化まで来ていました。

それはシルクロード経由だな、つまり中国経由だなと思われるでしょうが、そうではありません。中国は長城によって囲まれています。万里の長城が完成するのは後の時代ですが、非常に古い時代から途切れ途切れではありますが、長城はありました。長城の外側を通って、シベリアにギリシアの文明は運ばれたようなのです。（中略）

満洲（中国東北部）の中央部は、いま遼寧（りょうねい）省といいますが、ここから矛や剣などの出土品がたくさん出ています。青銅器などですね。

中国からよく出る出土品、中国タイプもありますが、多くはシベリア・タイプであり、淵源（えんげん）をたどればギリシャ・タイプです。

ここらへんに、日本人や朝鮮人の先祖の有力な一派がどっかり居座っていたのでしょうね。**長城を通過しない東西交流があり、**シベリアで定着していった
（『司馬遼太郎全講演［2］』朝日新聞社、太字、引用者）。

司馬はこの草原の特徴を次のように説明する。


にはさまれた大オアシス地帯、西トルキスタン（7世紀以前はソグディアナ）となる。ここから南に広がるのがイラン高原であり、そこから北に進めばアゼルバイジャン高原からアナトリア高原をへてヨーロッパに、西に進めばティグリス、ユーフラテス両河からシリア、東地中海にいたる。

一方、西トルキスタンから西に広がるのがカザフ草原で、この草原はヴォルガ、ドン、ドニエプル河を越えて黒海の北岸にいたる。この乾燥地帯が、すなわち草原である。このなかを、シベリア、モンゴル高原から天山山脈の北側（ジュンガル盆地）を通りカザフ草原から黒海北岸（南ロシア草原地帯）にいたる、ステップ・ロード（草原の道）が通っている」

> 遊牧の適地である草原というのは、元来、地面が固いのである。数センチ置きに、指ほどの長さの草（多くはニラ系）がはえており、湿潤でやわらかい日本の草っぱらのように丈なす草が水分をたっぷり吸って密生しているわけではない。（中略）はるかな古代、草原は人間だけは棲息しがたかった。
>
> 採集すべき木ノ実もないし、けものに近づこうにも、一望の平坦地であるために相手が遁げてしまう。採集時代の人間はやはり森のある土地がその棲息の適地で、農耕時代になると、人間たちは森から出て低地に棲み、河の氾濫が繰りかえされる湿潤の地やオアシスで穀物などを栽培した。むろん、この段階においても草原は見すてられた地だった（『歴史の舞台』中公文庫）。

遊牧とは？

その「見すてられた地」を「人間が住める土地」に変えたのが、「遊牧」というシステムである。牧畜は農耕とともに古く、普通、農耕とあわせて食糧生産革命などと呼び、土器や磨製石器の使用とともに新石器時代の指標とされる。

遊牧も牧畜の一形態であるが、その特徴は、司馬もすでに簡単にふれているが、杉山の前掲書でまとめてみると「羊・山羊・牛・馬・駱駝などの家畜群を管理し飼育しながら、草を追って一年を移動のなかですごす。ただし、あてどもなくさすらうわけではない。きちっとした季節移動である。夏季には、家族ごとに、ひろびろとした山の斜面や平原にちらばって草をはませる。冬季には、寒さや積雪をしのげる山の南麓や谷あいで、集団生活をいとなんで越冬する」という生活形態である。

こうした生活形態から、遊牧民は極端な余剰生産物を持たず、日用の生活必需品から、農業生産物、さらには各種の戦具まで、完全に自給自足することはできず、オアシスの民との共生をはからなければならない。遊牧民は、生活で得たものをたずさえて、オアシスや町に行き、生活に必要なものと交換する。これが、農耕・商業地域との相互依存関係を生み出していくことになる。

Column トナカイ遊牧

後述するように、司馬は遊牧生活はスキタイから始まる、と考えているが、先行する形態としてトナカイ遊牧があった、として次のように書いている。

「先行する経験があって、人間は騎馬遊牧をおぼえた。先行の経験とは、トナカイ遊牧であるらしかった。

古代ユーラシア大陸ではトナカイ遊牧がはなはだ盛んであったために、学者によっては旧石器時代の後期のことを〝トナカイ時代〟とよぶほどである。いまでも、ヨーロッパ最北部のラップランドでは白色種（コーカソイド）の顔をもつラップ人がトナカイ遊牧の文化を継承しているし、またカムチャッカ半島やサハリンでも、原住民の一部がトナカイに依存して生きている。

> モンゴル高原からみれば北、シベリアでいえばその南部、アルタイ地方のほぼ中央に、パジリクという地がある。
> 古代匈奴の外縁の地である。
> 紀元前数世紀、騎馬遊牧の方法を発明した白色種（コーカソイド）のスキタイ人が、ギリシアから学びとった青銅文明を携（たずさ）えてはるか東方にむかった。ついにアルタイ山系の草原や南シベリアの地に根をおろして、北方アジアにおける——中国とは別趣の——青銅器文化を興した。
> かれらは黄色種（モンゴロイド）と混血した。
> パジリクには、かれらの古代墳墓が多数あり、一九二九年に発見され、四七年から四九年にかけてソ連人考古学者の手で発掘された。（中略）
> 馬も多数葬（ほうむ）られていた。それらの馬のなかに、どういうわけかトナカイの金属仮面がかぶせられているのもあった。〝パジリク人〟は、遠いトナカイ文化時代からつづいている信仰（たとえばトナカイが霊たちを天につれてゆくといったような）をもっていて、馬を仮にトナカイに見たて、仮面をつけさせて葬ったのかとおもわれる。要するに家畜馬の先輩が家畜トナカイで、人類はトナカイを飼った経験から、騎馬遊牧をおもいついたのにちがいない（『草原の記』新潮文庫）。

このトナカイ遊牧は、司馬の独創的見解ではなく、考古学的な裏づけのあるものである。加藤九祚（きゅうぞう）『シベリアの歴史』（紀伊国屋新書）によれば、北シベリア、アムール川流域、樺太、南シベリアの一部では、「北方の三本柱」ともいわれる狩猟、漁撈、トナカイ飼育が19世紀になっても支配的であった。トナカイ飼育は、タイガ地帯では主に輸送用に行われ、その規模は小規模であるが、ツンドラ地帯では肉・皮革用に行われており、その規模は大規模である。司馬の書いている「トナカイの金属仮面」も、同書に挿絵が掲載されている。

スキタイ

この「草原に住む」という暮らしのシステムを考えついた民族はスキタイである、と司馬は言う（『歴史の舞台』）。このシステムを機能させるポイントは「馬に騎るという他の人類にとっては奇抜すぎること」であった。そして、それを実現したスキタイが紀元前6世紀に草原に出現して、「草原に群棲している羊の群れのなかに入りこみ、それらが草を食って移動してゆくままに人間も移動する」という遊牧スタイルを生みだした、と言う。

馬の家畜化は紀元前4000年頃に、南ロシアで始まったとされているが、それはもっぱら輸送用で、馬に車を引かせるという方法であった（川又正智『ウマ駆ける古代アジア』、講談社選書メチエ）。

司馬の言うスキタイの発明とは、馬の背にじかに乗ることをさしている。それにより司馬のいうような生活が可能になり、中央アジアの遊牧の中心であった羊の飼育頭数は、飛躍的に増えたのである（騎馬一頭で、1300頭の羊を管理できる、といわれる）。

スキタイの起源については、杉山は紀元前8〜7世紀ころに中央アジアで騎馬技術を発達させたイラン系の遊牧民たちのうち、その一部がカスピ海から黒海の北岸地域に移動したもの、と説明している。かれらの最大の武器は、騎馬の戦士としての騎射で、それを武器に支配階級を構成し、農耕地帯の農作物との交易で、植物性食料を入手、みずからは純遊牧生活へとふみきったのである。

　このスキタイの騎馬技術と各種の馬具が「足で歩く遊牧民であり、遊牧生活の内容も集団の規模も、そして当然、軍団としての意味も、きわめて微弱であった」東方の牧民に伝わり、その結果、機動性・集団戦術を身につけて急速に軍事化する。そのなかで、きわだっているのが高校世界史の中国古代史で必ず出てくる匈奴である。匈奴は冒頓単于（ぼくとつぜんう）のときに非常に強大になり、前２００年の平城の戦いで漢の高祖・劉邦の32万の軍を破ったのは有名である。

　つぎに、13世紀にユーラシア大陸を東西に渡って征服した、モンゴルについて見てみよう。

モンゴル帝国の世界史的意義

司馬はモンゴル帝国について次のように書いている。

> （モンゴル帝国の）征服は、要するに暴虐（ぼうぎゃく）のみであって世界史になんの貢献もしなかったのではないか、とよくいわれる。
>
> とくにヨーロッパ人はかれらのことを「ex tartaro（エクスタルタロ）」とよび、地獄から湧（わ）き出（い）

でたる者という印象から離れがたかった。

たしかに歴史のなかで、モンゴル人は他の帝国や王国を見さかいもなく攻めつぶした。しかし、歴史のなかだけにかぎっていえば、それを暴虐として非難する資格をもつひとびとは、極北の狩猟民族であるイヌイット（エスキモー）しかいないのではないか。

モンゴルの大征服によって世界史はべつの段階へ前進した、と考えるほうが、いまとなれば新鮮なようにおもえる。

かれらが出現するまでの世界は無数の牆壁（しょうへき）にはばまれ、小部分の割拠だけの姿だった。

モンゴルの大征服によってそういう世界に大きく風が通り、四方八方に通商路がひらかれ、また文化の上からみてもさまざまな文化が他の地域に流れた。世界は、一変した。

「おびただしい屍（しかばね）がのこされたが、世界は一つになった」

と、もし当時、中央アジアの隊商の長（おさ）が叫んだとしても、まちがいではなかったろう（『草原の記』太字、引用者）。

このモンゴル帝国・元帝国が世界史上に果たした役割について、最近の教科書は「物の交流」「人の交流」など詳しく書いている。また、文化史などでは郭守敬（かくしゅけい）がイスラーム伝来の機器を用いて1年を365・2425日とした授時暦なども紹介されている。ここでは、教科書でふれられていないものを紹介する。

染付＝呉須

『南蛮のみちⅡ』で、イベリア半島を訪れた司馬は、マドリードからリスボン特急でポルトガルに入るが、最初のポルトガル領の駅、マルバウン・ベイラ駅で思いもかけないものにであう。駅舎の外壁にコバルトの絵タイルが貼られていたのである。「タイル絵に近づいてみると、すべて呉須だった。呉須は、語源不明の日本語である。私どもの身辺の磁器の絵付にこの色はふんだんにつかわれている。青インキを薄めたり濃くしたりしたような色で、日本のたいていの家庭の磁器食器が、かつてはこれであった。『染付』という言葉も、おなじ意味である。中国では、青花という美しい言葉が、むかしからつかわれてきた」として、呉須＝コバルトに対する関心を語る。

まず、染付とはなにかであるが、「呉須・染付・青花とよばれる磁器は、まず素地に青料（コバルト）で絵付をしたあと、一種のガラスである透明釉」をかけてつくるものである。「元代、最大の陶業工業地である景徳鎮*でこれがさかんにつくられ、製品はふたたび回回たちによって西方にはこばれ、さらに西方にはこばれ、さらに西へ行って、十三、四世紀のヨーロッパ人の憧憬と購買欲をあおった」（『南蛮のみちⅡ』）。

この記述だけではわからないのは、宋代の中国で白磁、青磁などとして完成形態を

*景徳鎮：江西省にある陶磁器の名生産地。宋代に始まり、重要産地になるのは、元代になってからである。宋代には釉（ゆう・うわぐすりのこと）に含まれる鉄塩が焼成中に還元される青磁が発達しており、その産地として名高い。

むかえていた、磁器（陶器に釉薬（ゆうやく）＝うわぐすり、を塗って焼き、表面がガラス状になったもの）の上に絵を描いても、焼けば彩料が流れてどうにもならないのでは、という疑問である。この問題を解決したのが、コバルト顔料の使用であった。コバルト顔料は9世紀後半ころから、イランで彩色・彩絵に使用されるようになり、さらに12～13世紀のはじめころに、アルカリ溶剤の釉薬が開発され、下絵が焼成中に流れてしまうことがなくなり、安定した絵付が可能になった。しかし、イランには磁器が存在せず、コバルトを使用した絵付は、陶器にかぎられていた。それを結合したのが、モンゴル帝国であった。

景徳鎮などの窯業地で白磁の素地にコバルトで絵付をして、透明釉でおおうという染付が誕生したのはフビライ・ハンのモンゴルが南宋を征服した後の14世紀以降ではないか、と杉山正明は推測している（『世界の歴史9　大モンゴルの時代』中央公論社）。

司馬は前掲書で「このモンゴル人による世界帝国は、陶磁の面では、コバルト帝国とでもいうべき存在だった」と言っているが、これは決して誇張ではない。モンゴル帝国の勢力圏は、東は日本海・北中国から西はロシア・東欧・地中海東岸にまでおよんでおり、それらの地域から染付に対する広範な需要が起こった。アフリカの東海岸のスワヒリ文化圏の富裕な商人たちの中には、富の象徴として染付の皿などを墓石にはめこむ者までいた。杉山は前掲書で、東は南シナ海から西はアラビア半島にいたるまで需要があったこと、トルコのトプカプ宮殿には、元代と明代の染付が1万3００

0点も収集されているのを紹介し、そうした需要を背景に、自分たちで作ろうという試みも始まり、オランダのデルフト、トルコのイズニク、地中海のマジョルカ、日本の有田などに染付をつくる産業が起きた、としている。ただし、デルフトのものは、白色の釉をかけてその上に絵付をほどこした陶器で、磁器ではなかった。

司馬も前引に続いて、「リスボンから船に乗ってサグレス岬をまわれば、アフリカ沿岸である。アフリカはいまもそうだが、世界的なコバルトの産地である。ポルトガルでは、容易に材料が手に入る。かりにこういう絵画を〝コバルト画〟と名づけるとすれば、ポルトガルのひとびとがそれを熱愛したのもむりはなく、後日、リスボンでも、レストランその他で〝コバルト画〟の壁画を見た」と書き「この〝コバルト画〟でもわかるように、文化というのは海流のように地球をめぐっている。この点、人類は意外に希望のもてる存在だと思わざるをえない」と結んでいる。

資本主義経済の萌芽

司馬はふれていないが、杉山正明は『世界の歴史9　大モンゴルの時代』で、クビライ政権に経済重視の通商国家という資本主義経済の萌芽形態が見られると言っている。とくにそれが顕著に表れているのが、銀を共通の価値基準とする体制をとっていることである、と言う。

モンゴルは、クビライ以前から、銀を共通の価値基準とする体制をとっていたが、銅銭を中心としていた中国に銀による取引・決済をゆきわたらせ、「交鈔（こうしょう）」*という名の紙幣を発行した。「交鈔」は銀とリンクされ額面は銀の単位で表示されていた。「ものが動き、取引がおこなわれることは、いわば銀の流れとしてあった。銀とともにものは動き、つまりは人も動いた。クビライ以後の巨大な物流の渦は、銀と人のフローとともにあり、それによって、帝国と世界は見えない手でつながれていった」ことになる。14世紀にイタリアのフィレンツェの商人ペゴロッティの著した東方貿易の手引書「商業指南」には、東方にはパーリッシュ（ペルシア語で銀を表す言葉）さえもっていけば大丈夫だと書かれている。つまり、「のちにスペインやポルトガルが大航海時代をつくりだしますが、彼らが銀を媒介に世界貿易を展開することができたのは、モンゴル帝国の経済政策があったからなのです」（小川幸司『世界史との対話　上』地歴社）ということになる。

＊交鈔：宋代以降の諸王朝で発行された紙幣のこと。金・元では交鈔、明では宝鈔の名で使われた。本文にあるように、元代では唯一の通貨とされた。元朝では、発行額はふくらむ一方で、兌換準備の銀が不足し価格は下落したが、平価の切り下げで乗り切った。明初の宝鈔は、不換紙幣のため人気はなかった。

ポルトガルが日本との間で行った貿易は、中国の絹織物と生糸を売り、銀と銅を手に入れるものであった。また、スペインは中国に居留地を獲得できなかったので、アカプルコからマニラに銀を運び、それで生糸・絹織物・陶磁器・綿織物・茶などを購入した。

騎馬民族の遺産

司馬は遊牧民族が果たした歴史的役割についての考察以外に、遊牧民が今日の人類に遺した遺産にもふれて、次のようなエピソードを紹介している。

ズボン

中国の古代史上、春秋戦国とよばれる時期は、紀元前七七〇年から同二二一年までをいう。その時期も末期のころ、趙国に武霊王（在位紀元前三二五〜前二九九）という、先例にとらわれない王が出た。趙はいまの山西省にあり、北方の遊牧騎馬民族からの圧迫がはなはだしかった。

――かれらと戦うには、かれらの騎馬を採用するほかないではないか。

と考え、王族や群臣の反対をたくみにおさえて、ついにその採用に成功した。これが、農耕民族である漢民族における軍事技術としての騎馬のはじめとされる。

（中略）

この場合における騎馬は、ただ馬に騎るというものではなく、元来、服飾についても保守的な漢民族に対してその着るものから変えてゆかねばならないということでもあった。漢民族は、はるかな後世の清朝になるまで、日本における明治以前の和服同様、袖広で裾のたっぷりした寛やかな衣服を着ていたが、その姿では騎乗はとても無理であった。スキタイが発明し、モンゴル高原の騎馬民族が継承したように、まずズボンをはかねばならなかった。上衣として、こんにちの外套のようなものを着、次いで二十世紀のある時期まで軍人の服装の小道具の一つで

> ある金属製の帯鉤つきのベルトを上衣の上から締め、さらには革のブーツを穿く。（中略）ついでながら、こんにちの洋服はギリシア・ローマ人の寛衣の子孫ではなく、騎馬民族の服装の子孫であることについては、充分系譜をたどることができる（『歴史の舞台』）。

装身具

これは、司馬が直接触れていることではないが、ネックレスやブレスレットなどの装身具も、騎馬民族の遺産である、という説もある。貨幣経済が普及する以前においては、貿易で必要な金銀類を馬で安全に運ぶための工夫が装身具であった、というのである。

遊牧民ではないが、移動生活を送っているスィンティ・ロマも、貴金属は装身具として身につけて運び、決済に使用する。最初の騎馬民族といわれるスキタイ人の文化は、黄金をふんだんに使用したものである。

「故郷、忘じがたく候」

司馬遼太郎と焼き物との関連では、「故郷、忘じがたく候」ははずせない。タイトルの「故郷、忘じがたく候」は、江戸時代の天明期の京都の医者で、『東西遊記』（平凡社、東洋文庫）に日本各地を旅行した記録を書いている橘南谿が、その中の「続編」に薩摩のノシコロ（苗代川）をおとずれたときのことを書いているのに由来する。
当時、この村には17姓の朝鮮人陶工が住んでいて、そのなかで、秀吉の朝鮮侵略で拉致されてきて、5代目になるという伸侔屯が、すでに200年近くなるのに、その工房でなお母国語を伝え、原姓を守る心境を橘に次のように語っている。

橘　然らば、朝鮮は古郷ながらにも数代を経給えば、彼地の事は思いも出だし給うまじ。

伸　故郷忘じがたしとは、誰人のいい置ける事にや、只今にてはもはや二百年にも近く、此国の厚恩を蒙り、詞までもいつしか習いて、此国の人とことならず、衣類と髪とのみ朝鮮の風俗にて、外には彼地の風儀も残り申さず、絶えて消息も承らざる事に候えば、打忘るべきことに候えども、只何となく折節に付けては故郷床しきように思い出で候いて、今にても帰国の事ゆるし給うほどならば、厚恩を忘れたるには非ず候えども、帰国致し度心地候。

このときの秀吉軍の蛮行については、前引した、藤木久志『日本の歴史15　織田・豊臣政権』（小学館）、『雑兵たちの戦場』（朝日新聞社）が詳しい。
この侵略戦争のときには、秀吉自身が「大名軍の捕まえた朝鮮人の中から、腕利きの技術者や女性たちを選び出して献上せよ」という指示をだしており、侵略軍は「朝鮮民衆の人身・私財から、仏像・経典・金属活字などの寺院の文化財」までの略奪をくりかえした。

秀吉の朝鮮侵略は「やきもの戦争」ともいわれるが、それはこの戦争でつれてこられた朝鮮人陶工たちが、磁器生産の技術を日本に伝えたためであるが、この点について、司馬は「室町期からつづいた茶の美術の隆盛期にこの侵寇戦争はおこっている。朝鮮の民衆が用いるめし茶碗や雑器が、海をわたって日本の美意識の中に入りこむと、美学という人類が持った最高の錯覚に照射されて宝石以上のかがやきを持った。黒田家（福岡藩）がつれてきて高取焼の元祖になった八山（はちざん）、鍋島家（佐賀藩）の捕虜になってきて有田焼の祖となった李参平（りさんぺい）、また島津家（薩摩藩）がつれてきてもっとも優雅な白薩摩をつくりあげた薩摩の陶工たちなど、結果として焼物戦争だったことは周知のとおりである（『壱岐・対馬の道　街道をゆく13』）と、書いている。

有田焼の祖となった李参平は、有田川の上流で白磁鉱を発見し、1616年に日本で最初の磁器をつくり、その技術は二十数年後の酒井田柿右衛門（さかいだかきえもん）による赤を基調とするいわゆる「赤絵」に引き継がれ、それはさらに九谷焼（くたにやき）、会津焼、瀬戸焼、清水焼（きよみず）へと広まっていった。17世紀半ば以降の西ヨーロッパで、伊万里（いまり）の名でひろく知られた日本の磁器は、伊万里港から積み出された有田焼のことである。

だが、明治になって近代天皇制の国家体制がととのえられていくと、苗代川の人々は朝鮮の姓名や風俗、言葉などを捨てて、「日本人」に同化させられた。明治政府の朝鮮侵略政策がつよまるとともに、朝鮮語の使用も禁じられ、さまざまな差別と迫害がくわえられていった。さらに、昭和になると差別から逃れるために、村を離れる者があいつぎ、本籍地を他に移す者さえ現れた（尹健次『きみたちと朝鮮』岩波ジュニア新書）。

前掲の宮崎駿、堀田善衛との鼎談『時代の風音』の最後で、司馬は次のように語っている。

> モンゴル高原の草原に行くと、やはりいまの地球は間違っているんじゃないかと思います。草だけをエネルギー源にしている。石油じゃなくて、牛や馬に草を食わせて、それのお余りをいただいている。完全な生産形態と消費形態とがある。草原での燃料は牛の糞の乾いたやつをつかう。あれは青色が出て、いい火力です。野蛮じゃない。秩序ある体系的な大文明です。
>
> ともかくいざとなったら、私どもはそこへ戻れるんだと思うと気が楽になる。私にとって、モンゴル高原のことを考えるのは若いころからの娯楽なんですけど、この秘（ひそ）かなる娯楽があるおかげで**世の行く末ということを考えても、あまり憂鬱にならずにすむんです**（太字、引用者）。

第8章

近代的人間の形成

——江戸期の合理精神

この章では、日本における近代的人間の形成の問題を考える。

司馬遼太郎の江戸時代評価は高い。それは、後期になればなるほど知的な活動と経済活動が相互に結びついたからである。それを司馬は高田屋嘉兵衛を主人公にした『菜の花の沖』で、かれの国家論で検討している。また、かれの人柄にふれたニコライ、そのニコライに導かれた新島襄をとおして近代が抱えた問題を考えてみる。

明治日本の知識人に影響を与えたキリスト教は、戦国期のカトリックとはちがい、圧倒的に新教だったことにもよる。前時代の武士道的な自律性が、プロテスタンティズムによく適(あ)ったということもあったはずである。

――『愛蘭土紀行Ⅰ　街道をゆく30』

江戸期の合理精神

司馬遼太郎は「江戸期の多様さ」（『この国のかたち一』文藝春秋）において「こんにちの私どもを生んだ母胎は戦後社会ではなく、ひょっとすると江戸時代ではないか、と考えてみればどうだろう」という問題提起を行っている。

地方分権制度のもとで、藩は自活のためにさまざまな取り組みを行ってきたが、江戸中期以降、貨幣経済が発展してくると、思索者たちのなかに近代的合理主義や人文科学的な思考法が表れてきた、と司馬は言う。その具体例として、山片蟠桃(やまがたばんとう)*の著作『夢の代(ゆめのしろ)』を取り上げ、そこには「徹底した合理主義哲学の上にたった経済論や地動説、さらには無神論」が展開されており、さらに「貨幣という数量でものごとをはかる」ようになった結果としての思考の抽象化、「中世以来の封建的な不合理さというものを不合理だと思う精神」がみられる、と言っている。さらに江戸中期・後期の知

*山片蟠桃：1748-1821（寛延1～文政4）の人。大坂の豪商升屋の別家を相続し、その再興に活躍し、その功績により高く評価された。彼の商人としての活躍については、海保青陵が『稽古談(けいこだん)』で、取り上げた。主著『夢の代』は、20年の歳月をかけて完成したものである。

的活動の背景には「無数の嘉兵衛、甚太夫、松右衛門など無名の窮理実践者たちが、大渦をなして活動していたことを思わざるをえない」と言い切っている（『菜の花の沖』文藝春秋）。

そうした視点から、高田屋嘉兵衛（かへえ）（１７６９〈明和6〉～１８２７〈文政10〉）を主人公にした『菜の花の沖』という長編小説を書いている（この本について、小谷野敦が『バカのための読書術』ちくま新書で、「資本制というものの勃興が農村地帯にどういう影響を与えるか、実にわかりやすく書いて」あり、経済学の入門書として使えると書いているが、まさにそのとおりの本である）。

淡路島の貧農の家に生まれた嘉兵衛が廻船業者として成功し、幕府の命令で択捉島（えとろふとう）航路を開き、蝦夷地産物売捌方に任命されるまでの話と、幕末のゴローニン事件との関連をあつかった小説である。

ゴローニン事件とは、ロシアのディアナ号の艦長として世界周航の途中、１８１１（文化8）年、国後島（くなしりとう）測量中に薪水食糧補給のため上陸して幕府の役人と交渉中に通訳が不十分であったため、とらえられたゴローニンをめぐる事件。副艦長のリゴルドは直後に砲火に訴えて奪還しようとしたが、果たせずいったんカムチャッカに帰ったあとで、救出に努力した。

一方ゴローニンらは松前に送られ拘禁されたが、リゴルドはゴローニンの消息を得るために翌、文化9年に海上で遭遇した高田屋嘉兵衛の持ち船を拿捕し嘉兵衛を捕らえたが、嘉兵衛と折衝の結果、その忠告にしたがって嘉兵衛を仲介して交渉し、ゴローニンを釈放させた。

小説の前半は、北前船が活躍した西廻海運＝日本海航路である。嘉兵衛は北海道の鰊（にしん）を木綿・菜種・藍・稲などの肥料として有効である、と売り込み販路を拡大していく。こうした活動のなかで、前述したような近代的精神が芽生えてきた、というのが司馬の視点である。

司馬は嘉兵衛が口述筆記させたとみられる自記『高田屋嘉兵衛遭厄（そうやく）自記』（文化11〈1814〉年）を使用して、嘉兵衛がリコルドに次のように語りかける場面を再現している。

> 嘉兵衛は、話題を転じ、国家がもつ倫理および国家間の関係倫理について説いた。（中略）
>
> しかし、このときの論旨を嘉兵衛の手記で見ても、かれは、身分が一介の庶民であり、また書物を、浄瑠璃本以外あまり読んだことがない人物ながら、江戸にいる知識人の水準を飛びぬけた思想のもちぬしであったことを知ることができる。
>
> ――国家の存立とはどうあるべきか。
>
> という主題について、嘉兵衛はリコルドに説きはじめたのである。まず、

「上国（じょうこく）とはなにか」

と説いている。

他を譏（そしら）ず、自（みづから）誉（ほめ）ず、世界同様に治（をさま）り候国は上国と心得候。

（中略）嘉兵衛は、庶民である。庶民にとって国家を考える場合、一家一村一郷を広くしたものというとらえかたであるかと思える。

自分の家門を無用に自慢したり、他家をおとしめて悪口をいうのは、上等な家の者でないということはたれでもわかっている。また一村一郷を誇って隣村隣郷を譏（し）るという地域が、上等な地域であるはずがない。国家も同様である、ということらしい。このことは、現代のことばに直せば、

——**愛国心を売りものにしたり、宣伝や扇動材料につかったりする国はろくな国ではない。**

という意味である。（中略）

嘉兵衛は、さらにつづける。

——上国と反対の国とはなにか。

ということである。上国の対語としてのよくない国のことを嘉兵衛は、

「国政悪敷（あしき）国」

というふうにやわらかい表現をつかっている。（中略）

かれは「国政悪敷国」についていう。

好で軍を催し、人を害する国は、国政悪敷故と心得候。
と、リコルド少佐にいうのである。**かれのことばは、はるかなのちの二十世紀にある歴史時間のなかでの日本を予言的に批評しているようでもあり、どの国にもいる病的愛国主義者こそ国をそこなうということを語っているようでもある**（『菜の花の沖』太字、引用者）。

司馬の思いもかなり入った解釈だと思うが、このような嘉兵衛の思想を生み出すほどに江戸期は、合理的な精神が発達していた時代だといえる。

徳川幕府は、鎖国令*を出して海外渡航を禁じていたが、海外事情の収集には熱心であった。漂流民が帰国すると、奉行所からきびしい取調を受けるのであるが、キリスト教と無関係であることが明らかになると、漂流民は貴重な情報提供者としての扱いを受けるようになる。吉村昭『漂流記の魅力』（新潮新書）によればそれは次のとおりである。

幕府は、奉行所での取調べを終えた後、有能な学者に命じてかれらの口述内容を記録させた。日本を出船後、破船にいたる経過、異国の地への漂着。さらに異国での見聞、送還された事情。

学者たちは、漂流民から異国の政治、経済、軍事はもとより一般生活、言語な

＊鎖国令：江戸幕府が権力を確立するために、キリスト教の禁制を軸に、貿易・通交の管理と日本人の海外往来禁止を目的として実施した海外政策。1639年にポルトガル船の来航を禁じ、41年にはオランダ商館を平戸から長崎出島に移し、出島貿易体制が成立して以後は、ペリー来航の1853（嘉永6）年まで中国、オランダとの通商を除いて外国との交流はなかった。

どあらゆる事柄を入念に問いただし、記録する。

漂流民たちは、取調べを終えた後、それぞれの生地の藩に引渡されて帰郷するが、その地でも藩主の命令を受けた学者によって同様の口述筆記の記録が作成される。

オランダを通して外国事情の予備知識をもった高い見識の学者による記録は、精密な漂流記としてまとめられた。


なお、ゴローニン事件に関しても、幕府は2人の蘭学者を派遣している。2人はゴローニンからロシア語を習い、そのうちの1人、馬場佐十郎は大黒屋光太夫の協力で『俄羅斯(おろす)語学小成』を文化11(1814)年に刊行し、オランダ語のゴローニン『日本幽囚記』の翻訳者の1人になっている。

ニコライ

司馬は小説中で「上に媚び下に威張ることの多い日本人の類型から、らくらくとぬけだしている」嘉兵衛を描いている。その嘉兵衛像はゴローニンも共有していて、かれの著作『日本幽囚記』にもその人柄が賛美されている(『風塵抄』中央公論社)。

その『日本幽囚記』を読んで、日本への伝道を決意したロシア人がいる。神田(御茶ノ水)のニコライ堂に名前を残しているニコライである。

かれの本名は、イオアン・ドミートリヴィチ・カサートキンといい、スモレンスク県の貧しい補祭の子で、土地の神学校を首席で卒業後、1857年に国費給費生としてペテルブルク神学大学に進学、そこの図書館で『日本幽囚記』を読み、日本に関心をもった。

その関心は「日本人の性格が清廉潔白なこと、清潔好きに加えて勤勉であり、読書好きで知識欲旺盛なこと……、ゴロブニンの虜囚生活を記したこの書物を読み進むにしたがい、ニコライの日本に対する関心は深まった。そこには、ヨーロッパ諸国で喧伝される、遅れた野蛮な日本人の姿はなかった。キリスト教は禁止されているというが、この国こそ聖使徒パウロのいう〈律法を有たざる異邦人等、性に率ひて律法の事を行ふ時は、律法を有たずと雖、自ら己の律法たるなり。〉であるまいか。彼等は神を知らぬが、神は彼等を護っておられるのだ。日本へ伝道に出てみたい……」というものであった（川又一英『ニコライの塔』中公文庫）。

1860年、箱館に置かれた領事館付属聖堂の主任司祭募集の布告を読み応募。学長はかれの成績が優秀なので、大学に残り教授になるように説得するが、意志を変えず、合格し、修道士となり、1861（文久元）年、箱館に着任する。

そうしたニコライに対する司馬の評価は、次のようなものである。

> 一人の青年をそのように思い立たせたゴローニンの本もすばらしいが、一冊の

本で生涯を決めた青年のほうも、十九世紀のロマンティシズムを感じさせておもしろい。軒なみに**国家が重くなってしまった十九世紀に、かえって国境を出て、異質な社会の中で生涯を送ろうとする知識青年が多くなっていた**が、スモレンスクの神学校の図書室の片隅で本を読んでいた青年の心にも、そういう時代の因子が宿っていたことを思うと、次の世紀の終りのほうにいるわれわれに透明なかなしみに似たものを感じさせる（『北海道の諸道　街道をゆく15』太字、引用者）。

新島襄

2013年に放映されたNHKの大河ドラマ「八重の桜」にこの場面があったかどうかは知らないが――歴史に忠実なようでいて、実体はほとんど歴史捏造に近い、この番組は見ないことにしているので――八重の亭主の新島襄はニコライと密接な関係があった。

前掲の『ニコライの塔』にしたがって、再現すれば次のようになる。

（一八六四〈元治元〉年）五月、ニコライの前にひとりの青年が姿を見せた。安中藩士の新島七五三太（しめた）と名乗った。蘭学を学び、海軍伝習所*の一期生として航海術などの心得もある。英学を学ぶため箱館に着いたばかりという。

日本語の師を求めていたニコライは、さっそく青年に一室を与えた。日本語と

*海軍伝習所：オランダからの軍艦スンビン丸（観光丸）寄贈を機に、1855（安政2）年に長崎に創設した。教官はオランダ士官で、勝海舟や榎本武揚らが学んだ。

英語の交換教授という約束である。青年は二十二歳の若さだったが、幼い頃から漢籍に親しんできただけに、師として申し分ない。（中略）

新島を師として「古事記」の講読が始まった。新島の日記は連日、〈古事記を読む〉という記述で埋まった。（中略）返礼として、ニコライは点竄（てんざん）書（代数学）を貸し与え、英語の得意な士官ピレルーヒンを紹介した。（中略）

――神父殿、私は英学を学ぶだけでなく、アメリカに渡ってキリスト教の実態を自分の目で確かめたいと考えております。（中略）どうか、お力添えを賜りたい。

ある日、青年はこう切り出してニコライを驚かせた。海外遊学が許されぬため、生命を賭して密航する決意だという。

正教の司祭としては、新教（プロテスタント）の国へ向いた青年の目をロシアに向けさせるべきかもしれない。だが、ひたむきな青年の決意を前に、ニコライは説得の無意味さを悟った。自分がシベリアを横断して日本をめざしたように、青年はいま太平洋の荒波の彼方に、アメリカを夢見ている。なんとか青年の夢をかなえてやりたい。

とはいっても、ロシアならともかく、アメリカでは助ける手立てもなかった。

（中略）

新島はまもなく、運良く密航に成功して箱館を去った。ニコライは去りゆく新島のために領事館内で写真を撮らせた。（中略）〈師匠、ニコライ私に勧め、男児苟くも四方の志をなせば、須らく其身を写し、家郷へ遺すべしと、呉々も申聞け、無代に写真致し呉れ候間、即ち捧呈仕り候。〉。

新島は父に宛てた密航当日付の手紙にこう書いている。

アメリカでの新島裏

アメリカでの新島については、司馬の筆を借りよう。

新島は、キリシタン禁制の江戸時代に成人して、文久三年、二十歳のとき――新撰組が京都であばれていたころです――上海や香港で刊行されていたキリスト教関係の漢訳書籍を入手し、キリスト教につよい関心をもったのです。かれは上州安中藩板倉家の江戸屋敷にうまれ、武士でありました。こっそり函館までゆき、そこからアメリカ船ベルリン号（ウィリアム・セーヴォリー船長）に乗りました。この密出国の動機についてを、新島は、後年、ふりかえって、

「この挙は、藩主や両親をすてるということではない。自分一個の飲食栄華のためでもない。まったく国家のためである。自分の小さな力をすこしでもこの振るわざる国家と万民のためにつくそうと覚悟したのである」と、（語っている。引

用者)。(中略)

新島から、日本脱出について相談されたウィリアム・セーヴォリー船長は、日本人の密出国をたすけてもし発覚すれば、日本との貿易の上で大変不利になることを知っていました。かれは断るべきだったのですが、新島のねがいをうけ入れたのは新島の愛国心に打たれたと述懐したといわれています。

新島はアメリカに十年いました。基礎教課の学校を出てから、アーマスト大学——いま同志社と姉妹校になっています——に入り、ここを出てからさらに神学校に入りました。

その間、日本では急速に歴史が進みました。幕末の騒乱がおわり、明治国家がはじまったのです。明治七年(一八七四)、かれは、ヴァーモント州ラットランド市の伝道教会の年会で、演説者として指名された。

新島は、日本で革命がおこなわれたことをのべ、

「しかし、あたらしい国家は、大きな方針をまだみつけていない。わが同胞三千万の幸福は、物質文明の進歩や政治の改良によってもたらされるものではない」といったあと、「自分は日本においてキリスト教主義の大学をつくるつもりである。その資金が得られなければ日本に帰れない」とまでいいました。新島という人は、エキセントリックというより、自分で自分を責めてそのあげくに自分を鼓舞してしまうといったはげしい性格をもっています。

それだけに、聴衆にあたえた感動は大きかったのでしょう。演説がおわるや、一人の紳士がたちあがって、一千ドルの寄付を申しこみました。当時の一千ドルというのは容易ならざる金額です。このひとは、Pater Parker というお医者さんでした。場内、つぎつぎにたちあがって、たちまち五千ドルあまりの寄付があつまったといいます。大きなお金です。

新島が演壇をおりたとき、かれの前にまずしい服装の老農夫が近づいてきて、二ドルをさしだしました。かれのあり金ぜんぶでした。この二ドルはかれが家に帰るための汽車賃だったのです。歩いて帰るつもりだ、とかれはいいました。

新島がえらいというより、この時代のアメリカには、そういう気分が横溢していたようです（『「明治」という国家』）。

日本に英学を伝えたのは、アメリカであるが、その伝来のルートと幕末の英学を見ておこう。

幕末の英学

1853年7月8日、ペリーが率いるアメリカ東インド艦隊が、浦賀に来航した。浦賀沖に停泊した旗艦サスケハナ号に、浦賀奉行所の御用船が向かい、奉行所与力中島三郎助とオランダ通詞堀達之助が乗艦し会見に及んだ。このときに、堀が「I can speak Dutch」と言った話は有名である。堀に英語を教えたのは、1848年に日本にやってきたアメリカ人、マクドナルドであった。

かれの母は、ネイティブアメリカン・チヌーク族の出身であった。かれは、ネイティブアメリカンの先祖がアジア人であるという話や、アメリカに漂着した日本人のニュースを通じて、日本に興味を持った。そしてこの島国に滞在し日本語を覚え、江戸でイギリスやアメリカの船の通訳になる決意をかためた。

かれは金を貯め捕鯨船に乗って、1848年6月27日、北海道沖にやってきた。鎖国中の日本に入国するため、漂流したふりをしてもぐりこもうとしたのである。かれの試みは成功し、7月2日にアイヌ人に救助され、その後、利尻島に上陸、9月に松前に連行、さらに北前船に乗って長崎に到着、同地で軟禁生活を送った後、翌年4月5日にアメリカ船で本国に送還された。帰国したマクドナルドは1894年に永眠するが、最期をみとった姪への臨終の言葉は、日本語の「さよなら、さよなら」だったという（マクドナルド『日本回想記　インディアンの見た幕末の日本』刀水書房）。

かれが長崎にいた半年ばかりのあいだに、森山栄之助、堀達之助など幕府のオランダ通詞14名が、かれから「生の英語」を習った。堀の英語は、そのときに習得したものであった。

マクドナルドが教え子の中でもっとも評価したのは森山で、「彼はオランダ語、英語、仏語、ラテン語の辞書を持ち、私が日本で会った人のなかで群を抜いて知能の高い人だった」と記している。

その森山に英語を習おうとしたのが、福沢諭吉である。そのときのことを『福翁自伝』に克明につづっている。昔々、受験生がスランプになったとき、『福翁自伝』と『フランクリン自伝』がスランプ脱出のバイブルになった。少々長いが、勉強するとはこういうものだということを知るうえでは大いに参考になる。

福沢は1858年、25歳で江戸に出、翌年通商条約*で開港した横浜に行き、商店の看板などが英語で書かれており、学んできた蘭学が役に立たないことを知り、英語の勉強を志したときの話である。


「横浜から帰って、私は足の疲れではない、実に落胆してしまった。これはこれはどうも仕方がない、今まで数年の間、死物狂(しにものぐる)いになってオランダの書を読むことを勉強した、その勉強したものが、今は何(なん)にもならない」

「けれども決して落胆して居(い)られる場合ではない」

「洋学者として英語を知らなければ迚(とて)も何(なん)にも通ずることが出来ない、この後は英語を読むより外に仕方がないと、横浜から帰った翌日だ、一度(ひとたび)は落胆したが同時にまた新たに志を発して、それから以来は一切万事英語と覚悟を極(き)めて、さてその英語を学ぶということについて如何(どう)してよいか取付端(とりつきば)がない。江戸中にどこで英語を教えているという所のあろう訳(わ)けもない」

*通商条約：正式名称は、日米修好通商条約。1858（安政5）年締結。14条からなり、下田・箱館のほか神奈川（横浜）・長崎などの開港、開港場に外国人居留地を設けること、領事裁判権の規定、関税自主権を否定するなど、西洋諸国がアジア各国と締結していた不平等条約にそったものであった。

「長崎の通詞の森山多吉郎（栄之助）という人が、江戸に来て幕府の御用を勤めている。その人が英語を知っているという噂を聞き出したから、ソコで森山の家に行って習いましょうとこう思うて、その森山という人は小石川の水道町に住居していたから、早速その家に行って英語教授のことを頼み入ると、森山の言うに、『昨今御用が多くて大変に忙しい、けれども折角習おうというならば教えて進ぜよう、ついては毎日出勤前、朝早く来い』ということになって、そのとき私は鉄砲洲に住まっていて、鉄砲洲から小石川まで頓て二里余（約8キロ。引用者）もありましょう、毎朝早く起きて行く。ところが『今日はもう出勤前だからまた明朝来てくれ』、明くる朝行くと、『人が来ていて行かない』と言う。如何しても教えてくれる暇がない」

「こんなに毎朝来て何も教えることが出来んでは気の毒だ、晩に来てくれぬかと言う。ソレじゃ晩に参りましょうと言って、今度は日暮から出掛けて行く。あの往来は丁度今の神田橋一橋外の高等商業学校のある辺で、素と護寺院ガ原というて、大きな松の樹などが生繁っている恐ろしい淋しい所で、追剥でも出そうな所だ。そこを小石川から帰途に夜の十一時十二時ごろ通る時の怖さというものは今でもよく覚えている。ところが、この夜稽古も矢張り同じことで、今晩は客がある、イヤ急に外国方（外務省）から呼びに来たから出て行かなければならぬというような訳けで、頓と仕方がない」（『新訂　福翁自伝』岩波文庫）

結局、福沢は習うことができず、オランダ語の知識を生かして英蘭辞典を買って、独習で英語を身につけることになった。そのため福沢の英語の発音にはオランダ訛り（なまり）があり、「サンディ」は「ソンディ」と発音したという（太田雄三『英語と日本人』講談社学術文庫）。

Column ペテルブルクの日本語学校

司馬遼太郎の『モンゴル紀行　街道をゆく5』のなかに、大黒屋光太夫——伊勢白子の船頭で、1782（天明2）年、江戸に米などを運ぶ途中で遭難し、カムチャッカまで漂流し、救助された——にからめて「光太夫らがこの町（イルクーツク。引用者）に入るより八十年前に、首都（ペテルスブルグ。引用者）に、勅命による日本語学校が創立された」という記述がある。さらに続けて「カムチャッカに漂着してただ一人生き残った大坂の船乗りでデンベイ（伝兵衛？）というのが、教師だった。最初にペテルスブルグで教えられた日本語が大阪弁だったことが、この事態のなかで唯一のユーモアである」と書いている。

このデンベイについては、さらにドナルド・キーンとの対談『世界のなかの日本』（中公文庫）で「伝兵衛という漂流民が、ロシアのピョートル一世の命令によって日本語学校の先生になりますが、彼は大坂の谷町という、ちょっとした小さな問屋のある町の人です（中略）お相撲さんの世界で〝タニマチ〟という言葉がありますでしょう。どこかの物好きがお相撲さんにごちそうするのをタニマチと言いますが、谷町の旦那はお相撲さんによくごちそうしたがったから、タニマチという隠語ができたようです。そこの質屋の若旦那が、大阪から船出して江戸に向かう途中、太平洋上で大嵐に遭って漂流し、ロシアに行って日本語学校をつくります。ロシアでは彼を知識人だと思ったようですが、そうではなくて、大坂でも船場ではない、もう一つ下の町の小さな質屋さんの若旦那です」と語っている。

この日本人漂流民と日本語学校については、高野明『日本とロシア』（紀伊国屋新書）が詳しい。同書によれば「デンベイ」は、１６９５（元禄8）年、江戸に向かう途中で遭難し、カムチャッカ南岸に漂着し、そこで同地を探検にきたコサックの遠征隊長アトラソフに会い、かれに伴われて１７０２年1月にモスクワ郊外でピョートル大帝にあう。この間の事情については、「デンベイの陳述」として記録しており、高野の前掲書に訳出されている。

また、日本語学校は１７０５（寛永2）年ペテルブルクに創設された、となっているが、史料的に確認できる事実は、１７３６年に学士院附属として設立されたものが最初である、としている。もし、創設が１７０５年だとすると、ピョートル大帝が首都をモスクワからペテルブルクに移したのは、１７１３年であるから、彼の日本語学校への関心の高さがわかる。「デンベイ」の俸給は一日につき5カペータであったが、その後ピョートル大帝は、外国人の彼を慰労するために、ロシア人の子弟に日本語を教え終わったら、日本の土地に帰してやると約束したが、この約束は履行されず、逆に、ピョートルは「デンベイ」を洗礼するように命じた。かれの洗礼名はガヴリールである。

なお、サンクト・ペテルブルクの「ピョートル大帝名称人類学・民族学博物館」に「デンベイ」の助手とされ、その後任になったゴンザとソウザと呼ぶ日本人の蝋製の首像がある。

ソウザとゴンザは薩摩の船乗りで、１７２８（享保13）年11月に鹿児島から大坂にむけて航海していた若潮丸の船乗りで、遭難して１７２９（享保14）年にカムチャッカに漂着した。漂流民に接触したコサック隊長は、船の積荷を略奪し、15人を殺害、「ゴンザ」と

「ソウザ」のみが生き残った。ときに、「ソウザ」＝「宗蔵」35歳、「ゴンザ」＝「権蔵」10歳であった。２人は１７２３（享保18）年にペテルブルクに送られ、女帝アンナに引見されたあとで、日本語教授になった。

「ソウザ」は病死し、若い「ゴンザ」は日本語学校校長ボグダノフの協力で、世界最初の露日辞典を作ったが、「ゴンザ」は平仮名しか書けず、おまけに薩摩方言もあって、それは未熟なものであった。

第9章

さまざまな普遍

――世界史のなかの中国

この章では、東アジアの中心として、普遍的なものを生みだしたとされる中国文明についての司馬遼太郎の評価を紹介する。

かれの杜甫評価はきびしい。おそらく、その詩ではなく生き方を問題にしたのは、司馬だけではないか、と思われる。かれは、その生き方に儒教が持っている病理をみたのではないか。それを検証するのが、この章の目的である。

漢民族圏や韓国という儒教文明の国々はめざましく近代化したが、儒教は精神の母胎のようにのこされている。（中略）日本は、古来、そうではなかった。（中略）それでよかったと私は思っている。

——「婚姻雑話」『この国のかたち　二』

中華料理

司馬遼太郎は、中国文明には東アジア世界の中心として、世界の普遍になるものがある、という。その普遍とは「アメリカの黒人が金属楽器を持ったときに作りだしたジャズが、アメリカという多様な文化の複合社会において普遍性のテストを経ると、そのまま世界に通用し、ひろまった。（中略）歴史的存在としての中国には、そういう普遍化への作用がある」（『アメリカ素描』新潮文庫）というものである。

その具体例は、全世界に広がった「食」である。司馬はそれを「中国人は、古代、偉大な文明をおこした民族だが、十九世紀以後となると、世界へのもっとも大きな貢献は、中華料理をすみずみまでひろげたことにあるだろう」（『オランダ紀行　街道をゆく35』）と書いている。

この評価は、司馬独特のものではない。オックスフォード大学教授（当時）で、フランス近代史専攻のT・ゼルディンは「フランス人の犯した過ちは高価な料理を輸出したことで、そのため一部の人たちだけのものとなってしまった。これに対して中国料理は、おなかをすかせた学生にアピールすることで反撃に出た。外国の食べものはどこの国でも抵抗を受けるが、中国人はこれを退けて、中国料理を大衆が受け入れやすいようにした。つまり、安く提供したのである。その結果、イギリスでは、中華料理店の数はフランス料理店の八倍である。アメリカでも同様で、イタリア料理店の数に劣らない」と書いている(『フランス人』みすず書房)。

なぜ、フランス料理が高価なのか、について辻静雄『フランス料理の手帖』(新潮社)では「フランスの料亭の発生は、ブリヤ・サラヴァンによるとたかだか二百年前のこと。グリモ・ド・ラ・レニエールの『大食漢年鑑』とは、最初のレストランの創設者の名に違いはあるが、いずれにしても、**わが邸にかかえきれなくなった料理長たちがフランス革命後、町へ出ていったころと時期は一致する**」(太字、引用者)と書いているが、もともとが貴族のための料理であったからである。

司馬は中国料理が完成したのは、南宋(1127~1279)時代で、もともと華北を根拠地にしていた宋が、異民族に追われ長江(揚子江)流域に移ってきたので「主食も、華北時代では小麦などの粉食だったが、長江流域ではコメを食べざるをえなかった。黄河文化と長江文化が大きくかきまわされたときに、中華料理という世界性をもつ料理が成立したのである」と書いている（『オランダ紀行』）。

『中国・蜀と雲南のみち　街道をゆく20』『中国・江南のみち　街道をゆく19』には、「こんにゃく」「マーボー豆腐」「ひまわりの種子」「唐辛子」「とうもろこし」「稲」「茶」「梅干」「酒」がとりあげられている。唐辛子とマーボー豆腐をとりあげてみよう。

Column　唐辛子とマーボー豆腐

明末（1573年以後）、イエズス会の宣教師によって、中南米原産のさまざまな農産物がもたらされた。サツマイモ、ジャガイモ、トウモロコ、落花生、唐辛子などである。

唐辛子について、司馬は「唐辛子が朝鮮に渡るのは、ふつう日本を経由していたといわれる。秀吉の朝鮮侵略軍の兵士が足袋（たび）の中に入れて渡海し、かの地のひとびとに知られた、というふしぎな説もある」と書いている（『中国・蜀と雲南のみち』）。「足袋云々」はともかくとして、日本経由で朝鮮にわたったというのは通説で、『朝鮮を知る事典』（平凡社）でも「熱帯アメリカ原産のこの植物が朝鮮にもたらされたのは日本の九州地方からで、豊臣秀吉の朝鮮侵略のころとされ、〈倭芥子〉と記されている」となっている。

その唐辛子を使った「マーボー豆腐」について司馬は次のように書いている。


「麻（マァ）」という中国語には、あばたという意味がある、麻婆（マァポォ）というのは「あばたのある婆さん」ということである。温先生（司馬たちの旅行の案内人。引用者）は、この婆さんにつき、親しみをこめて、

「辛亥革命（一九一一）より二十年ほど前、この成都のまちの安順橋――北門の橋です――のそばに、姓は陳、愛称が麻婆というあだなの婆さんが住んでいたんです」といった。彼女は豆腐をつくって売っていたが、簡単なお惣菜も売っていたかとおもえる。

当時、成都の町の労働者は、昼どきになると、天秤棒の荷をおろして、麻婆の店で昼めしを食った。その婆さんが発明した豆腐料理だから、ごく自然に「麻婆豆腐」とよばれた。

Column　中国4000年のうそ

かつて、「中国4000年の味」といううたい文句で、自社のインスタント・ラーメンを宣伝した食品会社があった。ラーメンはいまや「国民食」とまでいわれるが、日本でいうラーメンと中国のそれとは違う。中国でいうラーメンとは、包丁を使わずに手で切った麺のことをいう。ラーメンの漢字表記は「拉麺」であり、「拉」は「拉致」と使うように、「ひっぱる」という意味である。

黄河文明の農耕は、粟・きびの生産から始まるが、前2000年ころからの竜山文化期に小麦生産が登場する。小麦の加工方法の一つが麺である。中国では、汁のある麺を湯麺、茹でた麺の上に何かかけるものをチャチアンミエン（日本では「ジャージャー麺」と称している）、焼きそば＝チャオミエンと分ける。

うどんの歴史は、「4000年」などという古いものではなく、料理研究家の服部幸應は、もともと団子や煎餅のようにして食べていた小麦からうどんが作られるようになったのは、3〜5世紀ころの魏晋南北朝時代のことだとしている（『コロンブスの贈り物』PHP研究所）。最近、紀元前に食べられていたと推定されるうどんの化石が見つかった、という新聞記事を見たが、詳細は不明である。

その形からして、パスタとうどんには共通点があるのでは、と思っている人は多いのでは、と思うが締木信太郎の『パンの百科』（中公文庫）によれば、パスタの元祖はうどんであり、それをイタリアにもたらしたのは、マルコ・ポーロと断定している。

日本ではミートソースやナポリタンが一般的であるが、イタリアでは、あさりでとったスープに茹でたてのパスタを入れて食べるのが普通で、それはうどん以外のなにものでもない。

マルコ・ポーロについては、最近は実在の人物ではないとする説もあるが、宮崎正勝が『世界史の海へ』（小学館）で、パスタは「一三世紀後半から一四世紀にかけて多くの『無名のマルコ・ポーロ』によってもたらされた」と言っており、こちらのほうが正確であろう。当時、地中海にはイタリア商人とイスラーム商人により形成された商業圏があり、その商業圏は中央アジアや東アジアの商業圏と結びついていた。

日本にうどんをもたらしたのは禅宗の僧だといわれている。禅宗は12世紀の末ころに宋に渡った栄西*によって伝えられた、とされているので鎌倉時代以降に普及したのであろう。うどんのメニューで人気のある「かもなんばん」について、司馬は次のようなエピソードを紹介している。

「日本でも昔から都市近辺に食べ物の供給地があったでしょう。（中略）大阪の難波は、いまは高島屋なんかがあってむろん畑はもうないけれども、一望のネギ畑だった。（中略）いまはその名残りとして〝かもなんばん〟という名称が残っている。ネギのことを八百屋の符牒で難波村の〝なんば〟といっていた。それがうどんの〝かもなんばん〟になったんですね」（『土地と日本人』中公文庫）

＊栄西：1141-1215。鎌倉時代前期の禅僧。普通は「えいさい」と読むが「ようさい」とも読む。備中の人で、日本臨済宗の開祖。二度宋に渡っているが、臨済禅を学んだのは二度目の時で、帰国後は北条政子の帰依を受けた。著書に『喫茶養生記』などがある。

なお、マルコ・ポーロの実在を否定する根拠になっているのは、彼がフビライに17年間も仕えていたのに、中国の史書『元史』や『新元史』に名前が出てこない、ということである。これについて、在日中国人作家の陳舜臣が『小説マルコ・ポーロ』（文春文庫）で、マルコ・ポーロはフビライの密使（隠密・スパイ）ではなかったか、と推理している。彼は、モンゴル語・トルコ語・ペルシア語が自由に読み書きできた。なにせ、彼が父や叔父とともにヴェネツィアを出発して、元帝国の夏の都、上都（じょうと）に着くまで3年かかっているのであるから、上記の言葉が話せても不思議はない。推理もまた、歴史の楽しみである。

ヨーロッパ人が「マルコ・ポーロ橋」と呼ぶ橋がある。盧溝河（ろこうが）という河にかかっている10個のアーチをもった石橋である。この橋を中国では「盧溝橋」というが、日中全面戦争の発端となった軍事衝突はこの橋の付近で起きた。

儒教は、普遍思想たりうるのか

杜甫、一生を憂う

おそらく日本人に一番なじみの深い唐詩といえば、中学校の国語教科書にも登場した杜甫の「国破れて山河在り／城春にして草木深し」で始まる「春望」だろう。1945年8月16日、敗戦の翌日の新聞で「国破れて山河在り」を大見出しにしたものもあった。

官吏登用試験の科挙に失敗し、その生涯を失意のなかで過ごした杜甫については、「一生を憂う」などと形容して、語られる場合が多い。

上から目線の民衆への哀感

四川省時代の杜甫は、成都郊外の浣花渓のほとりに草堂を結び暮らした。１９８２年にその草堂を訪れた司馬は次のような感想を書いている。

> 杜甫は、幾度か官吏登用試験をうけ、そのつど落ちた。（中略）
>
> このことによる不遇の思いが、杜甫生涯の基調音になったといわれる。**杜甫は、生涯みずから耕すということをしなかった。**使用人をふくめたすくなからぬ家族をひきい、各地に流寓し、ときに食うために小さな官職を得た。しかしままならぬことがおこると、捨てて他に移った。
>
> 杜甫は同時代の官僚詩人と異り、流浪のあいだに民衆の哀歓を知り、かれらからその言葉を詩心のなかに汲み入れたりしたが、**しかし民衆のようには身を労して働くということはしなかった。**
>
> このあたりについて、私は少年のころ——いまでもそうだが——杜甫がふしぎでならなかった。なぜ田地を拓いて耕そうとしなかったのか、商店の帳付けにでも傭われて賃銀を得ようとしなかったのか。江戸期の日本人社会なら、たとえ杜甫のような才があり、かつ地方のささやかな名家にうまれたとしても、もし禄にありつけなければ、なにがしかの生計の道を求めてみずから食うことを考えたは

ずで、杜甫のような生き方をするひとはまれだったにちがいない。（中略）
　杜甫は、たしかに不遇だった。その不遇は後世かれの実人生を劇的なものとして見、そのすぐれた詩と同様の重みをもってその生涯をも詩的に観じられているが、日本ふうにいえば、不遇といってもたかが官吏登用試験に落ちて大官になれなかっただけのことではないか。轗軻——車のゆきなやむさま・志を得ないさま——という言葉は杜甫もその詩のなかでつかっているが、そのように家族を連れて四方の知人の厄介になり歩くより、なにか仕事を見つけるか、手に職をつけて働けばどうだ、と言いたくなるのが、江戸期の日本風の考えというものである（『中国・蜀と雲南のみち』太字、引用者）。

　この杜甫評価の背景にも司馬の儒教評価があるのを見てとるのは、容易である。

形式主義の空論＝儒教

　儒教は、孔子によって創始されたが、孔子は家族道徳としての「孝＝親への恭順」とそれにともなう「礼楽（先祖の霊を祭る儀礼と音楽）」を「親に準じるおじ・おば」、次いで「血族の長者」「統治者」へと広げることによって、身分制度の崩壊を阻止し、社会を安定させようと考えた。
　孔子は、西周（紀元前１１００年頃〜紀元前７７０）時代に「聖徳のさかんな王」が出て理想政治をおこなったので、その時代が模範的時代であるとし、その時代の礼楽に自分は精通しているので、自分を採用するように求めて諸国を歩いたが、どこの国にも相手にされなかった。

かれが説いた政治思想は、『論語』の「徳（立派なおこない）で政治をすることは、たとえれば、北極星が動かずに他の全ての星がそれに従って動くようなものである。……政治や刑罰で人びとを導こうとすると、人びとは〔法令を〕免れても恥とは思わない。徳や礼で導けば、人びとは恥を知り、かつ正しくなる。……おごそかな態度であれば〔民は〕敬服し、慈愛をもってすれば忠実になる」という言葉で明らかなように、「**具体性を伴わない理想論**」であった（落合淳思『古代中国の虚像と実像』講談社現代新書、太字、引用者）。また、それは「彼がかき集めた一知半解の断片的知識を、自分の想像力でつなぎ合わせただけの、空想の産物」（小川幸司『世界史との対話　上』地歴社）であった。

司馬は、儒教がそうした論理構造をもっている以上、必然的に「古代にのみ価値を置き、**好奇心を卑しむ**」ものとなり、形式主義となる、と批判する（『この国のかたち五』太字、引用者）。

この「好奇心」であるが、文化人類学の川田順造は、樹上生活をやめて700万年の直立歩行によって、声帯が下がり、十分に高音器官が発達し、分節的言語の発音が可能になり、同じく直立歩行の結果として、大脳の容量も増え、概念思考が可能となり、言語コミュニケーションができるようになった、南アメリカの最南端に到達したのは、約1万年前頃であるが、その人間の移動の原因は、食糧不足や紛争などの原因もあるが「**この先に何があるか行ってみようという好奇心**」が大きな役割を果たした、と言っている（『日本を問い直す』青土社、太字、引用者）。

そうした形式主義から儒教は精神労働に従事する人を君子と呼び、肉体労働をする庶民、労働者と区別した。そうした差別意識から杜甫も含めて、「清末まで、中国・朝鮮では君子（大官）はいっさい手をくだして労働するということはなかった」（『中国・蜀と雲南のみち』）のが、儒教である。

実現性のない政治論

儒教の経典が、後漢から唐代までが五経、宋代以降が四書*である、ということは、高校世界史でほぼ習うところであるが、その内容については、漢文で論語を習う程度で他はまずない。ここでは『礼記』について見てみよう。

漢代に儒者を編著者とする「礼」に関する多くの経典が書かれたが、「周礼（しゅうらい）」「儀礼（ぎらい）」「礼記（らいき）」をまとめて「三礼」という。前掲の小川幸司によれば孔子の弟子たちが自分たちの創作を含めて書いた「偽装工作」のような書物である。そのなかの「礼記」が五経に入っている。

*四書五経：直接的には四書＝「大学」「中庸」「論語」「孟子」、五経＝「詩経」「易経」「書経」「礼記」「春秋」をまとめてさす言葉。「詩経」は周王室の祭祀・儀式の歌と華北の民謡を編集した中国最古の詩集。「易経」は占いの書。「書経」は周代の帝王の言行録。「礼記」は周代の儀式と礼儀を集大成したもの。「春秋」は魯の国の年代記で編年体で記録されている。宋学が儒学の開祖として孔子の優越的地位を認めてから、「論語」が最上のものとなった。「大学」と「中庸」は「礼記」の中の一篇であったが、「大学」は儒教教育の原点を示すものとして、「中庸」は仏教に対抗できる哲学書として取り上げられるようになった。

その「礼記」の中庸篇に孔子の言葉として、つぎの文がある。

> 郊社の礼は上帝に事うる所以なり。宗廟の礼はその先〔祖〕を祀る所以なり。郊社の礼、禘嘗の義に明らかならば、国を治むることはそれ掌に示すが如からん。
>
> 大意：郊社の祭礼は天帝に敬意を致して恩恵を祈る作法であり、宗廟の祭礼は祖先に敬慕の情を致して加護を願う作法である。およそ天子たる者には、天と祖先の祭の意味を良くわきまえ、手落ちなく取り行なうことが最要の義務であり、これさえできれば国を治めることは、左のてのひらの物を右のひとさしゆびでさし示すがごとくに、容易である（竹内照夫『四書五経』平凡社東洋文庫）。

天帝と祖先の霊を祭る儀式さえちゃんとできれば、政治はうまく行くということであるが、具体的な方法はなにもないのである。この儀式の中心に音楽がくるのであるが、音楽は人の内面に訴えて、身分制度の中で調和を実現する力を持つ、とされていく。「礼記」にある「楽は天地の和、礼は天地の序なり。……楽は天に由って作り、礼は地を以て制す。……天地に明らかにして、然る後に能く礼楽を興す。（音楽は天の法則に基づき、礼は地の原理に基づく。天地の道に明らかな人でなくては、礼楽を正しく制定することができない、竹内、前掲書）」などという規定は、それである。孔子はそれが自分にはできると言うのであるが、小川は前掲書で「孔子の時代から500年も前（中略）の王朝儀礼とは、周朝の建国者武王の弟、周公旦が制定したと言われている礼制です。そんなものを孔子が復元できるはずがありません。周王の王朝儀礼は、そこに参列していた諸侯や、儀式を司った官職でなければ見聞できなかったはずです」と言っている。

知りもしない、できもしないことをできますと言って、自分を売り込んでいるだけなのである。

儒教は10世紀末に宋が中国を統一すると、新しい展開を示し、仏教や道教との融和をすすめ、禅や老子、荘子の影響を受けた宋学が成立した。それを大成したのが朱子（朱熹）である。それは、教科書的に説明すれば、次のようになる。

天地にみちみちているものは、すべてみな、物である。物には法則がある。それが理である。自然界には自然の理があり、人間にも当然の理がある。天地万物は五種類あって、みな天から火木土金水の五行の気をうけている。万物の第一は人である。人は気のうけ方で身分、地位、富貴、貧賤が定まる。第二は夷狄（いてき）。人と物との中間である。気のうけ方が純粋でないという。これは改めることは出来ない。第三、第四、第五は、動物、植物、鉱物の順となる。かくて、鳥が空をとび、魚が淵におどる。山がそびえ、川が流れる。みな自然の理であるのと同じように、君臣に仁敬、父子に慈孝があるのもまた、自然の理であって人為ではない。富貴貧賤も、夷狄が人以下なのも、生まれながらにうけとっている性そのものであり、当然の理である。君臣の義、父子の親、長幼の序、人倫はすべて上下の関係で結ばれている(小倉芳彦『教養人の東洋史　上』教養文庫)。

司馬のこうした朱子学への批判は二つの角度からなされるが、まことに手厳しく、それは正気のものが学ぶに値するものではないという。第一の角度は「字句の解釈をやかましくいう〝漢唐訓詁学(くんこがく)〟という現実的な人文科学的方法よりも、むしろこうあるべきだという観念を先行させた」こと、第二の角度は「歴史についても、史実の探求よりも大義名分という観念の尺度をあて、正邪を検断した」ことである(『この国のかたち　五』)。

その第一の角度については、『耽羅紀行　街道をゆく28』においてさらに具体的に語られている。

儒教には、神はない。さらには迷信もない。

神にかわる至高のものとしては、聖人があるのみである。具体的には、古代の伝説的な聖天子とされる堯(ぎょう)や舜(しゅん)、人間の時代に入ってからは、孔子が理想的人物とした周公、それに儒教の教祖である孔子そのひとをさす。（中略）**朱子学では儒者たる者の志すところは聖人でなければならない。聖人はもはや歴史的存在ではなくなり、禅客がことごとく法身たるべくめざすように、儒者たる者は、古（いにしえ）の聖人をたてまつっているだけでなく、自分自身が自分を抽象化すべく志さなければならなくなったのである。**（中略）

かれらの理論どおりにすればあるいは聖人になれるかもしれない。しかし正気の者ならそういう抽象的人間になりたいとは思わない。なったところで、妻子や友人たちが心から愛してくれる人間であるはずがなく、一国一天下にとって役に立つどころか、有害か、もしくはひとびとがこれを無視せざるをえない人物であるかもしれない。（中略）抽象的な人間に治められては、民のほうが迷惑である（太字、引用者）。

とまで言い切っている。太字部分はわかりづらいかも知れない。専門家に解説してもらうと次のようになる。

朱子学の理論では、人の心の「性」（心の本来の性質）には、道徳の原理としての「理」がそなわっている、とし、道徳的修養を積んで自己の心の「性」すなわち「理」を明らかにする（これを「窮理」、つまり「理」を窮めることという）ならば、人は誰でも、自己の心の「理」にもとづいて、全く自主的に、正しい道徳的行為がいかなるものであるかを判断することができ、かつそれを実践することができる、と考えられていた。**その意味で、人は誰でも古代中国の堯や舜のような聖人になることができる、と主張された**（尾藤正英『江戸時代とはなにか』岩波書店）。

第二の角度が、大義名分論で歴史を見る＝正邪を判断する、という宋学の特徴である。この特徴は、華北に女真族の金王朝ができた、という状況から生み出されたもので「漢人でありながら、侵略者である異民族王朝の官僚になったりする者も多く、また漢民族王朝の宋の官僚で敵に通じる者さえあった。このため夷は攘うべく王（漢民族の正統の王）は尊ぶべしという思想」が起こり、そうした「特殊な状況下で醸し出された一種の危機思想で、**本来、普遍性はもたないものなのである**」（『この国のかたち　一』）。

全体としてみれば「屁理屈のような学問」である儒学が、生きながらえたのは、官吏任用試験である科挙と結びついたからである、と司馬は言う。

汚職の元凶、科挙

科挙というのは、隋の時代に創始された筆記試験による官吏任用制度であり、58

7年から1904年まで、モンゴル人の元朝のとき一時40年ほどの中断はあったが、連綿として実施された。その科挙について司馬は「科挙の歴史こそ中国権力史の側面そのものであり、やがてヨーロッパ人がこの試験を基礎とする**中国官僚**（マンダリン）の制を知ったとき、その組織と運営の精妙さにおどろくのである。同時に、中国文明を大停滞におとしいれた制度上の元凶のひとつになった」と言う。

試験制度が形式主義に陥るのは、避けられない弊害であるが、司馬は「官僚腐敗の温床」であった、と批判する。その批判は厳しく、中国史家の貝塚茂樹との対談のなかで、中国政治学は世界に冠たるものであるが、他方「官場（かんじょう）の大腐敗というものも何千年の伝統をもって」いる、と酷評している（「毛沢東とつきあう法」『日本人を考える』文春文庫）。

この司馬の批判は的を射ていて、科挙合格者は自らを清官と称したが、決して清くなかった。宮崎市定は『科挙』（中公新書・文庫）で清代の「三年清知府、十年雪花銀」＝「どんなに清廉にしていても十万両ぐらいの金はできる」という言葉を紹介し、十万両は中央に送るべき税金を押領して貯めるのだ、という意味だと言っている。

司馬は「儒教的中国体制のような官吏の存在そのものがすでに汚職である」（『歴史と風土』文春文庫）とまでいい、そうした体質は現在にまで及んでいるとして、次のように語っている。

アジアには家族的な利己主義がありますという。家族さえ栄えればいいということがある。一人が官吏になりますと、懐に入れ始める。そして自分だけ太ってしまう。大統領になったり、首相になったり、あるいは小さな官吏になっても懐に入れてしまう。自分の家族だけがうまくいけばいい。

そして、その家族というものは、儒教においても大きく哲学化します。年寄り、親、先祖を大事にしろという「孝」という概念が中心になり、正当化されたわけです（『「昭和」という国家』日本放送出版協会）。

要するに儒教の本質が「同血の秩序を倫理化したものである以上、私が絶対優先する原理」（『長安から北京へ』）だから、腐敗は生まれ、それは「資本主義であれ社会主義であれ」変わらないのである。

「社会主義の理想は疾（はよ）うに放棄して、一党独裁の漢帝国ナショナリズムを強行し謳歌している中国」（川田順造）の前首相の温家宝がニューヨークの銀行に一族の金を2000億円貯めこんだのが暴露されたが、まさに司馬の言うとおりなのである。この儒教の弊害を中国以上にこうむったのが、李王朝時代の朝鮮である。

Column　汚職の構造

佐野学『清朝社会史』（文求堂）は、清一代の官吏の腐敗の実体を明らかにしている。

① 朋党　郷国を同じくする者、同年に科挙を通過した者、共通の科挙試験官を師とする者どうしの結合。

② 官々相護と告訐　人民からの訴えに対しては、官僚どうしで仲間をかばいあい、あるいは逆に官僚内部で陰謀・中傷・構陥などが絶えない。

③ 賄賂　形式的には賄賂を罰する規定はあったが、人民からの収賄、上官への贈賄は一種の手数料の如く常識化していた。

④ 中飽　国家の収入たるべき租税などを地方官が横領する。科挙に合格して、地方に派遣される官僚は、経学や詩文には詳しいが実務にはうとく、そのため、役所はえぬきの地方官の思いのままにあやつられる。このはえぬきの地方官を胥吏というが、彼らの専横がひどかった。

教科書の清代の文化の説明に出てくる、『儒林外史』は①の手口を細かく書いている。

朝鮮では

司馬は宋学＝朱子学が、朝鮮社会を徹底的に蝕んだとして、次のように言う。

おもえば、士大夫（科挙試験の合格者。引用者）やそれをめざす有為な知識人あるいは読書生が、ほとんど不毛というほかない神学論争（大義と名文について、その異同をあくことなく闘わせる、という意。引用者）を五百年もやりつづけたというのは世界史的な奇観といえる。

中国人や朝鮮人ほどに、精神の活力に富んだ民族が、世界が近代に入ってゆくもっとも大切な五世紀を、この屁理屈のような学問のために消耗したというのは、くやまれてならない（『耽羅紀行』）。

ここで、司馬が問題にしているのは、李王朝時代の儒教である。朝鮮の儒教受容は早かったが、朱子学以前の三国時代（百済・新羅・高句麗）から高麗朝後期までの儒教は、支配思想であった仏教と共存して、哲学は仏教、詩文は儒教という住みわけができていた。それが、一変するのが李朝になってからである。

李朝では、高麗王朝初期から成立しはじめた、両班（ヤンバン）（東班＝文官、西班＝武官を併せた言葉で、官僚を出すことができた最上級身分の支配階級）が、官僚の世襲化とともに社会的・身分的に特権化していき、李朝初期には血縁的身分として、特権化していった。

この両班は、在地の中小地主層であったが、特権化するとともに官職以外のいかなる職業にも従事しなくなり、その特権を維持するために、地方教育からソウルの最高学府まで支配下に置いた。

朱子学は、この特権化した両班に受け入れられた。その中心思想は、体制維持を目的とした道学、司馬が「こうあるべきだという観念を先行させた」という思想である。この思想を奉じたのが、士林（しりん）とよばれる勢力で、この士林勢力のなかでの思想的対立が、党争といわれるもので、司馬が「不毛というほかない神学論争を五百年もやりつづけた」と評したものである。

また、体制維持を目的としたものであるから、身分制度や家族制度を規制する礼学儒教となり、とりわけ冠婚葬祭を中心に生活様式が儒式化された。そうした儒式化された社会について、司馬は次のように書いている。


韓国にあっては、李朝式の儒教によって、十親等までが濃厚な身内とされる。日本人もおなじく孔子や孟子を読みはしたが、とてものこと、こういう本格派の儒教社会の人間のシガラミというものは理解できない。

ついでながら孫というのは二親等で、伯父は三親等である。これを基準に十親等までが身内ということを考えてゆくと、気が遠くなる。人によっては何千何万人ということになり、それに配偶者の十親等までをふくめると、どれほどの数になるのであろう。たとえば見たこともない十親等の年長者が不意にやってきても、

「伯父上」

として、長者に対する礼をとらねばならず、たいていの韓国人はそういう礼を日常的に実践している。もしその礼に外れれば、人間のクズとして袋だたきにあわねばならない。

たれかが大官になる。

すると十親等までの人数が押しかけてきて、商人ならば利権をもらい、学歴の

ある者なら官職につけてもらおうとするし、げんにそうなる。もし政府の大官のところへ十親等の伯父がやってきて、

「おれに石油輸入についての利権をくれんか」

とたのんで、その大官がにべもなくことわるとすれば道義論をたてにとって騒ぎになるにちがいない。

こういう道義主義こそ儒教的体制というものであり、日本人が考えているような朱子学、陽明学というような書物だけの甘っちょろいものではないのである（『韓のくに紀行　街道をゆく2』）。

李舜臣

司馬は、李朝五百年のあいだ、韓国官界の大官というのは、ろくでもない連中が多かったが、豊臣秀吉の朝鮮侵略と戦った李舜臣は「きわだって高雅清潔で、しかも死にいたるまでこの民族の大難のために挺身し、さらにはその業績をみても文章を読んでもその功をすこしも誇るところがない」と激賞している。

李舜臣が全羅道（朝鮮半島の西南部）東部の水軍司令官に任命されたのは、秀吉の朝鮮侵略の始まる前年、1591年であった。かれは就任するとすぐに亀甲船――船の上部に厚板を亀甲状に張った装甲を持ち、その上にハリネズミのようにとがった鉄棒をつけて、敵兵が切り込んでくるのを防ぐ船――すなわち世界最初の装甲軍艦＝亀

甲船を建造させた。

李舜臣はその亀甲船と火砲を駆使して日本水軍に壊滅的な打撃を与えた。とくに「閑山島の海戦」は有名で、脇坂安治（わきさかやすはる）率いる日本水軍、七三隻中、五九隻を沈没させた。

その後、一時失脚するが、第2回侵略（1597〜98、日本では慶長の役、朝鮮では丁酉倭乱（ていゆうわらん））を前に復職、このときは潮流を利用した奇襲攻撃で日本水軍を撃破した。さらには、秀吉の死去で帰国しようとした小西行長（こにしゆきなが）の軍を、明の水軍と連携して追いつめたが、戦死した。

戦後、韓国が独立してから、民族的英雄として李舜臣が大きく取り上げられ、ソウルと釜山に銅像がつくられた。

日本では

唐にならって中央集権的な官僚国家体制をつくりだそうとした「大化の改新」から「中国式の律令体制（儒教的体制）」を取り入れようとしたが、「まったく失敗した」と司馬は評価する（『韓のくに紀行』）。

それは、中国・朝鮮でみたように「儒教というのはだいたい生活習慣までに至るもので、そうしないと儒教は完結しない」のに「日本は『子曰ク（いわく）』だけを受け入れているわけで、悪しきところは少しも受け入れなかった」からである（『歴史と風土』）。

このことについては、別のところで「本来、おなじウラル・アルタイ語族である朝鮮と日本の社会体質が決定的にちがってくるのは、両国における儒教の密疎による。朝鮮において濃密であり、日本において粗放でしかない」とも語っている（『季刊三千里』第42号、1985年5月号）。

徳川幕府は朱子学を官学としたが、その朱子学は「藩に儒者がおって、大きな藩なら三、四人、小さな藩なら一人か二人いるという程度での儒教」（ドナルド・キーンとの対談『日本人と日本文化』中公文庫）で、その原理で人をがんじがらめに縛る、というようなものではなかった、と司馬は言う。

この司馬の評価は、正当なもので、歴史学者の尾藤正英が「礼法を重んじるということが、中国でも朝鮮国でも非常に厳格であった。日本の場合には礼法から切り離して精神だけを学ぶという点に儒学の普及の特色があった」と言っているのや（『日本文化の歴史』岩波新書）、同じくかれが「将軍や大名がそれを（朱子学）尊重したのは、一種の知的な虚栄にすぎない」（『江戸時代とはなにか』）と言っているのと合致する。

日本では、儒教が体制や生活習慣として定着しなかったから明治以降、近代工業を興すことができた、というのが司馬の結論である。在日朝鮮人作家、金達寿（キムダルス）・在日中国人作家陳舜臣との鼎談『歴史の交差路にて』（講談社文庫）で、両者はこの司馬の意見に賛成して、金は「朝鮮は儒教でがんじがらめになっていて、要するに商売を蔑視（べっし）するばかりか、働くこと自体を蔑視したんだから、そういうところから近代化が起こるのは難しいですよね」と語り、陳は「儒教はやっぱり近代化の障害物ですよ。モラルとしてだけならいいのですが、秩序重視のあまり、身動きがとれないほど体制を固定化してしまう傾向があるんです」と語っている。この三者の結論が、歴史的に正しいのかどうかは検討を要するであろうが、三者にとっては、これが過去との対話からの結論なのである。

小島毅(つよし)は、「明治の『文明開化』とは、西洋化であるとともに朱子学化でもあったのだ。(中略)そのありようは、中国で科挙官僚制が確立した宋代以降と、かなりの程度似ている。科挙官僚制社会が生み出し、それに適応する思想体系、それが朱子学にほかならない。明治の『教育勅語』に朱子学的な人倫道徳が盛り込まれているのは、決して偶然ではない。日本において儒教(とくに朱子学や陽明学のような新しいタイプの儒教)が広まるのは、むしろ明治時代になってからであった」(『靖国史観』ちくま新書)と書いている。現在、安倍内閣が進めている教育改革というのは、この小島が指摘している通りのものである。

普遍へのあこがれ　巨大墳墓、不老不死の思い

愚帝、巨大墳墓

司馬は、1975(昭和51)年、訪中日本作家代表団の一員として日中文化交流協会より派遣されて、中国を訪問している。このときの旅行記録は『長安から北京へ』

（中公文庫）にまとめられているが、明の万暦帝の墳墓を見学した感想は示唆にとんでいる。

明の14代皇帝、万暦帝（在位１５７２〜１６２０）の時代は、多難な時代であった。16世紀のなかごろから、「北虜南倭」と呼ばれる外患に悩まされるようになった。北虜とは、タタール族のアルタン・ハンが頻繁に侵入を繰り返し、１５５０年には北京を包囲したことをさす。

南倭とは、浙江省や福建省を前進基地に海賊行為や密輸を働いた中国人を中心にした集団で、海禁策（民間の海上交通や貿易・漁業を制限した政策）の撤廃を求めて１５５５年には副都である南京まで迫ってきた。

また、世紀末には「万暦の三大征」と呼ばれる⑴寧夏（ねいか）の乱（１５９２）、陝西省の西、寧夏で起きた、投降していたモンゴル人の乱、⑵豊臣秀吉の朝鮮侵略（１５９２、１５９７〜98）、⑶播州の苗族（びょうぞく）の土官（どかん）（明朝が地方官に任命した少数民族の首長）楊応竜の乱が起き、そのための出費がかさみ深刻な財政難におちいった。

万暦帝は即位した当初は、主席内閣大学士の張居正の補佐を得てかたむいていた王朝を立て直したが、張居正が亡くなると土木事業に熱中した。なかでも、最大のものは自分の墳墓で、20歳すぎのころに起工し、6年かけて完成させた定陵の建設であった。

司馬は、この定陵を見学したときの驚きを次のように書いている。

万暦帝は、年齢としては青春の中にある。そういうかれが、青春の英気を、とほうもない穴を掘らせるということにむけた。地面よりはるかな下の、当時の素朴な土工たちの実感としては地軸にちかいかと思われるほど深いところまで掘らせて、そこに、自分の死後の生活のための地下宮殿を――それもすばらしい質の大理石を用いて――造営させたのである。(中略)

しかしながら、若い万暦帝のおかしさは、本来、単に伝統にしたがう程度でしかない葬送の形式を、あらためて根元(死後に現世同然の生活をするという)にもどり、自分でそれを確かめるがように皇帝の事業として死後の宮殿の造営をやったことである。(中略)

これを造営するのに、八百万両(明朝の歳出入の経常費は四百万両)もかかった

(『長安から北京へ』)。

万暦帝は、この他にも火災で焼失した紫禁城の皇極殿、中和殿、建殿の再建に30年以上かけて取り組み、千万両ほどの銀を消費した。かれは足りない国庫を補うため、1596年、各地の鉱山に鉱監(こうかん)とよばれる宦官を派遣して、鉱税の徴収と新鉱開発を始めた。次いで塩税や商税の徴収にも宦官の税吏を派遣した。いずれも特別徴税(万暦帝の浪費のための私費が中心であった)で、そのうえ、不法な取り立てを行ったため、庶民も官吏の不満もつのった(礦税(こうぜい)の禍(か)、という)。中国のルソーといわれる黄宗羲(こうそうぎ)

（1610〜95）が『明夷待訪録』で1畝の田の収穫は米1石であるが、全部税にとられても足りない、と書いているほど酷かった。なお、黄宗羲が中国のルソーといわれるのは、かれが前掲書のなかで「天下を主とし、君主を従とする」主権在民説を説いたからである。

ところが、取り立てた税の大部分は宦官の私腹となった。宦官の親玉であった魏忠賢は、60棟の倉を建てたといわれている。1599年には反宦官暴動まで発生した。

司馬の万暦帝に対する評価は「馬鹿な男がいたと思う以外に手のない」水準の馬鹿、というものである。

宦官

中国の歴代王朝のなかで、宦官が多かったのは後漢、唐、明王朝である。宦官は、もともとは皇帝の私生活の場である後宮（女性の場であった）の雑用かかりとして働かされた去勢された男子である。しかし、たえず皇帝と接触していたために、政治に容喙する場合も多かった。

後漢は4代和帝以後皇帝が幼少で母后の後見が多かったのが、宦官勢力の台頭をまねいた。かれらは、外戚と争い党錮の禁という事件を引き起こした。唐では、6代玄宗のときには、宦官が3千人余りになり、8代代宗のときには宦官の李輔国が宰相になるという未曾有の事態をまねき、13代敬宗は宦官に殺され、14代文宗のとき、宰相の李訓が独力で宦官の撲滅を考え、宮苑のザクロの木に甘露が降ったといつわり、宦官をあつめて殺そうとしたが失敗、甘露の変以後は宮廷が宦官に乗っ取られてしまった。

明はそのなかでも、宦官が多く、その末期には10万人に達したといわれる（岡本隆三『意外史　中国四千年』新人物往来社）。これは、初代の洪武帝が設置した皇帝直属諜報密偵機関、錦衣衛を、3代永楽帝が1420年に東廠に改組し、その長官に宦官をあて、軍隊監督権まで与えたためだといわれている。宦官の公募まで行われ、1回の応募者が3000人を超えたという。6代の英宗（正統帝、1435〜49）の養育係が宦官の王振で、この頃から宦官の政治介入が始まり、11代の武宗（正徳帝、1505〜21）頃から深刻化したといわれる。

この宦官が前述したように、税吏として使われたのである。なお、古代中国の刑罰で死刑につぐ重刑は宮刑で、男子は去勢された。それで、有名なのは『史記』の司馬遷であるが、興味のある方は武田泰淳『司馬遷』（講談社文庫）を一読されたい。宮刑そのものは、隋・唐代に廃止された。

愚帝、不老不死の丹薬

万暦帝の2代前の嘉靖帝（1521〜66）も全くの愚帝で、かれは「不老不死」を願って道教に傾倒し、道観（道教のお寺）をむやみに建て、道士（道教の僧侶）を多数集めて祈禱させ、国庫をカラにしてしまった。そしてそのあげく、「不老不死」の薬、丹薬を飲んだ翌日、あっけなく死んでしまった。

この丹薬の作り方は、晋の時代の人、葛洪（かっこう）（284〜364）が書いた『抱朴子（ほうぼくし）』（岩波文庫、東洋文庫）にある。丹薬は、金・水銀・翡翠（ひすい）・硫黄・辰砂（しんしゃ）・雄黄（ゆうこう）（砒素（ひそ）を含んだ鉱石）を溶かしたり薬草に混ぜたりしてつくり、その効能は「一粒飲めば、百日目に仙人になれ、羽なしに空を飛ぶことができる」「足の裏に塗れば、水の上を歩くことができる」「玄膏（げんこう）という別の薬で包んで焼くと、金ができる」などという途方もないものであった。

しかし本当に効果があったのかといえば、作り方を書いた葛洪自身が、広東省東江の北岸で死んだというのだから、さすがに効かなかったようである。現代の常識で考えれば、水銀や砒素の入った薬など猛毒以外のなにものでもない。ではなぜ当時は、水銀（硫化水銀）が不老不死の薬と思われたのだろうか。これは個人的な推測の域を出ないが、水銀の持つ「熱すれば液体になり、冷やせば固体になる」という性質が「環境は変化しても、本質は変化しない」と理解され、そこから「不老不死」の効果を持つという考えが生まれたのではないだろうか。この推測がただしければ、丹薬は薬効を確認せずに理論で飲ませる薬であった。

もっとも葛洪は、丹薬を飲むにあたって「徳を積むことが必要」と強調しており

「清浄な心をもって仙薬を服用すれば仙人になれる」と書いているので、徳のなかった嘉靖帝には効くはずがなかったのである。

Column 焚書坑儒

秦の始皇帝の「焚書坑儒」は、高校世界史の授業でほぼ確実に習う有名な話である。山川出版社の『世界史B用語集』では、「始皇帝が実施した思想・言論統制策。李斯の建議により、前213年に農業・医薬・卜筮以外の書を焼かせ（焚書）**翌年儒者460余人を穴うめにして殺した（坑儒）とされる事件**」と説明している（太字、引用者）。

「焚書」についての記述は同じであるが、「坑儒」について国際文化研究センター教授の井波律子は次のように書いている。

紀元前二一九年、天下巡遊の途中、神仙術の本場である山東の琅邪に立ち寄った時のこと、始皇帝は斉の方士徐市（徐福）にすすめられるまま、彼に数千人の童男童女を乗せた大船団を指揮させ、仙人が住むという「東海の三神山（蓬莱、方丈、瀛州）」のありかを探求させたこともある。

この鳴り物入りの神山捜索は、むろん失敗に終わった。しかし、どうしても諦めきれない始皇帝は、徐市ら斉の方士に見切りをつけ、あらためて燕の方士の盧生らを使って、執拗に不死の仙薬を探し続けた。

この執拗な仙薬探しが、紀元前二一二年、とんでもない事件を起こす引き金となる。まず盧生ら燕の方士は、当然のことながら仙薬を探しあてることなどできず、あの手この手のいい逃れのタネも尽きたため、雲を霞と逃亡してしまう。これを知った始皇帝は激怒し、盧生らとの関係を追及して**方士や学者**をイモズル式に逮捕し、きびしく尋問したあげく、そのうち四百六十人余りを生き埋めの刑に処した。これが史上悪名高い「坑儒」事件である（『酒池肉林』講談社学術文庫。太字、引用者）。

これは、井波の独自の見解ではない。『新編　東洋史辞典』（1980年、東京創元社）の「焚書坑儒」の説明は「**坑儒**とは前212年方士にあざむかれたことを知った始皇が怒って、**諸生**を逮捕し、そのなかから四百六十四余人を咸陽で坑（アナウメ）の刑に処したことをいう」（太字、引用者）となっていて、井波の解説と同じである。また、落合淳思の『古代中国の虚像と実像』（講談社現代新書）では、『史記』は、穴うめにされたのは「諸生（諸学者の意味）」であったと記しており、儒家の学者には限定されていない、つまり、「『**坑儒**』**はそもそも言葉として誤っているのである**」と書いている（太字、引用者）。

第10章

朝鮮と日本

――一衣帯水の歴史

この章では、一衣帯水の仲であった朝鮮との関係を壊したのは、日本であること、江戸時代に修復されたが、それを植民地化するという前提のもとで再び壊したのが日本であること、植民地にされるということが何を意味するのかを明らかにする。

侵略した、ということは、事実なのである。その事実を受け容れるだけの精神的あるいは倫理的体力を後代の日本人は持つべきで、もし、後代の日本人が言葉のすりかえを教えられることによって事実に目を昏(くら)まされ、諸事、事実をそういう知的視力でしか見られないような人間があふれるようになれば、日本社会はつかのまに衰弱してしまう。

——『中国・蜀と雲南のみち　街道をゆく20』

朝鮮への関心

司馬遼太郎は少年のころから、朝鮮への関心が強かったと語っているが、それはかれが生まれ育ったのが大阪であったことと関連するらしい。かれは、それを次のように書いている。

私の朝鮮への関心のつよさは、私がうまれて住んでいる町が大阪であるということに多少の関係があるかもしれない。

大阪は、この原野に人間がほとんど住んでいなかったころ、百済(くだら)からの移住者がきて拓(ひら)き、そのころ百済郡という郡さえ置かれた。郡内に百済野という一大耕作地帯があったが、それが、いまの生野区とか、鶴橋、**猪飼野**(いかいの)あたりらしい。妙なことに、大正時代ぐらいから朝鮮人が大量に住みついたところも生野区であり、日本でもっとも在日韓国人・在日朝鮮人の人口の多いところとして知られている（『韓のくに紀行　街道をゆく20』太字、引用者）。

この猪飼野について、在日朝鮮人詩人の金時鐘（キムシジョン）は、次のように書いている。

私は疲れるとこの町にくる。町ごと匂っているようなざわめきの中で、なぜか安らいでゆく己を今更のように思うのである。古くは百済郷の跡でもあったこの東大阪の一隅に、朝鮮とも見まがう一大集落ができたのは大正末期からのことだ。百済川を改修して運河の「新平野川」が造られたおり、工事のために集められた朝鮮人達がそのまま居ついて今日に至ったのである。ところがこの「猪飼野」という地名は、もはやない。現代化の街並みに在日朝鮮人の代名詞のようなひびきがそぐわなかったのか、「猪飼野」は隣接する別の町名に併呑（へいどん）されてはや十年になる。（中略）

しかし猪飼野は猪飼野である。三世、四世と代を継（つ）ないだ異国暮らしが、それでも朝鮮人としての原初さを風化させずに持ちつづけているのは、粗野なまでに〝朝鮮〟そのものである在日朝鮮人の原形像が、そここに集落を成して存在しているからである。（中略）

ここにはもはや、日本的概念の異国情緒は探すべくもない。土着さそのままの得体の知れない食品や、大時代的な儒教遺物の祭器までが平然と雑居しているが、何のてらいも違和感もなく、ごく自然にルンルンルックの娘やジーパン姿の若者達が、この原初的な土着さを「朝鮮」として受けとめている。いや、ことさらに「朝鮮」を感触する必要もないぐらい、「猪飼野」は生理になじんだ風物としてそこにある（金時鐘「『猪飼野』の暮れ」『「在日」のはざまで』平凡社所収）。

一衣帯水の仲

司馬の朝鮮をみる視点は、本書の第1章で見たように、日本と朝鮮は「日本海」「東シナ海」「南シナ海」を内海としてつながっている一体の世界として、見るものであった。そうした視点から、司馬が日朝関係を歴史的にたどっているのは、『壱岐・対馬の道　街道をゆく13』である。

かれは、それを「往古、朝鮮は近かった。むしろ北九州と南朝鮮は人文的に一ツ地帯だったといってよく、弥生式水田農耕はこの一ツ地帯からはじまり」、その後**壱岐・対馬をつたって渡来するひとびとが鉄を持ちこみ**、それにより農耕地が飛躍的に拡大し、「国土」ができあがり、「大和政権」が成立する、と見る。

司馬が述べている、朝鮮半島からの渡来者のピークが何回あったのかはまだ明確ではないが、5世紀後半には多数の移住者があったことは史料的に確実視されており、司馬はそれを「百済からの渡来人が宮廷の内外にひしめいている状況」ととらえ、そうした状況が６６０年に新羅と唐の連合軍により百済が滅ぼされると、百済支援のための白村江（錦江）河口への出兵につながった、と見ている。

その後、新羅が６７６年に半島を統一するが、その前年の６７５（天武４）年から遣新羅使が32回派遣されている。この間、６６９〜７０１年は遣唐使が派遣されていないので、中国の思想・文化は新羅経由で、日本に導入された。

13世紀の初めころから、高麗の沿岸が日本人に襲撃される倭寇が出現し、14世紀中ごろにはピークに達し、王都、開城まで脅かされるにいたり、その被害は「婦女、こどもを屠殺して遺すなく、全羅、楊広（京畿）浜海の州郡は粛然として一空」（『東国通鑑』）と記録されている。高麗は沿岸防備に力を入れ、京都の足利氏、九州探題の今川氏に使節を派遣して、取り締まりを要求するが、南北朝に分かれて内乱状態にあった、日本政府にその力がなく、効果はあがらなかった。

一方、高麗は明の商人から火薬の製法を学び、火器を装備した戦艦を建造し、倭寇を海上で破り、１３８９年には根拠地であった対馬遠征を行い、鎮圧を強化した。

１３９２年に南北朝が合一した日本は、１４０３年に、足利義満が明に朝貢し、「日本国王」の冊法を受け、翌１４０４年には日本国王使として僧周棠を朝鮮に派遣した。このときから朝鮮国王と日本国王との間には、伉礼（対等の礼）による交隣関係がはじまる。この関係は、公式には明治維新にいたるまで維持された。

しかし、豊臣秀吉の朝鮮侵略から日朝関係は悪化した。それは司馬が「何の名分もなく朝鮮に出兵し——前後七年間——朝鮮と朝鮮人にあたえたうらみと惨禍は深刻という程度のことばでは言いあらわせない」「国家そのものが倭寇になって朝鮮に侵寇した」（前掲書）と言っている水準の問題であった。

しかし、関が原の戦いに勝利して、天下を掌握した徳川家康は、朝鮮や明との関係を修復するために努力した。明との通交は失敗したが、１６０４年に朝鮮から僧惟政（松雲大師）らが訪日したことが、交隣回復のきっかけとなった。惟政らは京都で徳川秀忠に面会するが、すでに駿府に隠退していた家康も上京して、伏見で惟政らを謁見した。家康は、接待役の本多正信らを通じて、「私は壬辰のときに関東にあって、この兵事にかかわっていない。朝鮮と私の間には讐怨はない。和を通じることを請う」と語ったという。

その結果、徳川の歴代将軍は直接使節を送らなかったので、本来の伉礼＝対等の関係にはならなかったが、朝鮮からは前後12回の使節が来日している。通信使は、幕府の命をうけた対馬藩の要請によって、派遣が決定された。総勢は４００名ほどで、国書と贈物を携え、釜山と江戸の間を往復した。

鎖国下の日本文人たちにとって、朝鮮通信使の訪日にたいする期待はきわめて大きく、通信使の訪日を好機として儒教に関して筆談を交わし、漢詩を唱和して、その巧拙を競い合ったという（姜在彦『玄界灘に架けた歴史』朝日新聞社）。

Column　雨森芳洲

江戸時代の両国間の通商・通信の江戸幕府の出先機関は、対馬藩であった。対馬藩と朝鮮政府の出先の東莱府との間の交流は頻繁に行われ、釜山の倭館には、常時500名以上の対馬藩の役人および商人たちがたむろしていたという。

雨森芳洲（1668〜1755年）は、26歳のときに対馬藩の真文役（書記役）になって以来、88歳に世を去るまで対朝鮮外交の第一線で活躍した。かれを真文役に推挙したのは、師の木下順庵（1621〜98）である。かれは、新井白石、室鳩巣などとともに木門五先生といわれた俊才の1人であったが、順庵は、朝鮮との外交には〝文〟を重んじなければならないことを知り、芳洲を推挙したと思われる。

1693（元禄6）年に対馬藩に赴任したかれは、96年に長崎で1年間中国語を学習し、1703年からは釜山の倭館に渡って、3年間に渡って朝鮮語を学習した。その経験をもとに朝鮮語の入門書として『交隣須知』を、また朝鮮語とその習俗を学ぶために『全一道人』を著している。

1711（正徳元）年には将軍徳川家宣の即位を賀するために訪日した通信使とともに、1719（享保4）年には徳川吉宗の即位を賀するために訪日した通信使とともに、江戸を往来した。この二度目のときに、京都で大きなもめ事が起きた。幕府は、大仏寺（現在の方広寺）で、酒饌を備えて通信使一行を接待するから、臨席するようにと招いた。

この大仏寺の近くに秀吉が朝鮮侵略のときに、切り取った耳鼻を検分して埋めた耳塚がある。通信使は「この賊（豊臣秀吉）はすなわち吾が邦の百年の讐である。義は天を共にせざるものである。況やそのその地において酣飲しえようか。謹んで厚意をお断りいたす」といって、この接待を拒否した。

芳洲は対馬藩の接待係として、幕府の命令を守るために通信使を説得したが、自分自身の心情とて「仏の功徳は、その大小によらないのに、有用の財を費して意味のない大仏を作ることは、是また、あざけられる一端となる。耳塚にしても、豊臣家は名分のない師を起し、両国の無数の人民を殺害した事であるのに、その暴悪を重ねて出させること」であると批判している（『交隣提醒』1728年に芳洲が書いた交隣外交の基本を書いた本）。

とくに、吉宗のときに、通信使製述官としてやってきた申維翰との交情は深かったようで、帰路、一行が対馬の厳原をたつとき、雨森は別れを惜しみ、声をころして泣いた、と司馬は書いている。一方の申維翰も「雨森はすなわち、彼らの中では傑出した人物である。よく三国音（日本、朝鮮、中国の語音）に通じ、よく百家書を弁じ、その方訳（日本語訳）における異同、文字の難易を知っており、おのずから胸中に涇渭の分（清濁の分別があること）がある」人物として、高く評価している（姜在彦、司馬遼太郎、前掲書）。

近代の日朝関係

すでに見てきたように、豊臣秀吉の朝鮮侵略以前の日朝関係は、倭寇という問題はあったが、概して良好なものであった。また、秀吉の朝鮮侵略以後も、徳川幕府の関係修復政策もあって、260余年の交隣の歴史があった。この関係が大きく変化するのは、1876（明治9）年の日朝修好条規の締結からの、百余年であった。この時期は、朝鮮にとっては日本による半植民地の時期（1876年2月〜1910年8月）と植民地化の時期（1910年8月〜1945年8月）であった。

明治維新によって成立した明治政府は、将軍は天皇の臣下であるから、それと伉礼の関係にあった朝鮮国王も日本の天皇に「臣従」すべきである、という奇妙な論理を使って、新たな日朝関係をつくりあげようとした。

『日韓共通歴史教材　学び、つながる日本と韓国の近現代史』*（明石書店）からその経過を追ってみよう。

> 1875年9月20日、江華島の海峡に接近する1隻の船がありました。船の正体は270トンの日本軍の雲揚号でした。江華島海峡は漢江の河口にあり、直接首都漢城に進入できる朝鮮防衛上の重要な地域でした（引き潮のときには、江華島と漢城は歩いてわたれるといわれる。引用者）。雲揚号の船員数十人は、許可を得ずに、ボートに乗って海岸を測量しながら朝鮮水軍の陣地に接近しました。陣地の兵士たちは、この正体不明の船に向かって警告射撃をしました。ボートが攻撃を受けると、雲揚号は報復攻撃をし、朝鮮軍陣地を破壊した後、周辺の島に上陸して人々を殺傷し、大砲や火縄銃などを略奪しました。これを日本は江華島事件、韓国では雲揚号事件といいます。（中略）
>
> 1876年1月、日本は雲揚号の損害賠償を求めて再び軍艦6隻と300人の兵力を派遣しました。そして、国家の間で条約を結んで港を開放し、貿易するのは世界の流れだとし、条約締結を強く要求しました。さらにも会談場の周辺で艦砲射撃訓練をするなどして、威嚇しました。（中略）

*網野善彦と宮田登の対談『歴史の中で語られてこなかったこと』（洋泉社新書）で、両者は、日本史の教科書の記述に関して「教科書依存を脱却せねば」としたあとで、宮田は「日本と韓国・中国との関係をきちんと子供たちに考えさせるような教科書を作らなくてはいけない。とくに日韓の関係では両国の教科書の問題点を民間レベルの交流を含めて是正する必要がある。場合によっては、さまざまな考えを併記し、議論できるような教科書が理想ですね」と述べている。『日韓共通歴史教材　学び、つながる日本と韓国の近現代史』は、そうした課題に応える本である。

開港についての賛否が分かれる中、**国王高宗は、日本は西洋とは違うし、開港は日本との関係が江戸時代のような善隣友好の時代に戻ることにすぎないと考えました**。そこで、日本と修好しても西洋とは決して修好しないことを明らかにし、日本の要求を受け入れ、1876年、日朝修好条規（江華島条約）が結ばれました（太字、引用者）。

この日朝修好条規は、釜山以外に2港を開くこと（のちに元山と仁川に決定）、開港地における日本の管理官の駐在と治外法権の承認、など明らかな不平等条約であったが、「交友関係の修復だけを意図した朝鮮側の配慮」によって、締結された。しかし、朝鮮侵出を意図する日本によって、植民地化の一歩になったことは、冒頭に記したとおりである。

植民地になるということ(1)　関釜連絡船は語る

司馬は『壱岐・対馬の道』で次のように書いている。

かつて朝鮮と日本を結びつけていた下関・釜山間の連絡船には、日本にいる年輩のどの朝鮮人にも痛烈な思い出がある。右の金達寿氏の自伝（『わがアリランの歌』引用者）にも、かれの半生の幾条もの断層を作ったものとして、そのつど連絡船経験が書かれている。

日本の私ほどの年配の者は、兵隊にとられて満州へ送られるときに縁があった。私も一度乗った。帝国主義にひきずり出された日本人であれ、それがために没落させられた朝鮮人であれ、関釜連絡船に乗るというのは、運命の深刻な変化を意味した。


下関と釜山を結ぶ関釜連絡船は１９０５（明治38）年9月11日、山陽鉄道株式会社によって航路が開通した。その年以後、１９４５年6月、米軍の空襲や機雷攻撃で航路が閉ざされるまでの40年間、この航路は日本と朝鮮を結ぶ大動脈であった。

関釜連絡船の開通にさきだって、１９０２（明治35）年に、朝鮮の東海岸側の元山と門司－大阪を結ぶ定期航路が開設されたが、この連絡船の乗客の大半は朝鮮で「一攫千金」を夢見た日本人で、朝鮮人はほとんどいなかった。金賛汀（キムチャンジョン）『関釜連絡船』（朝日選書）が『日本帝国統計年鑑』の数字としてあげているのによれば、１９０５年の滞在朝鮮人は３０３人で、その人びとは韓国政府（朝鮮は１８９７年以降、大韓帝国と国名を変更していた）の外交官や商人、留学生であった。それに対して、在韓日本人は５万５０７５人に達している。

１９１０年の日韓併合により、日本への朝鮮人の入国者は激増する。日本は東洋拓殖株式会社という国策会社をつくり、朝鮮農民の土地の安価な買収――土地略奪――を押し進めた。その結果、土地を失った朝鮮南部の農民たちは、職を求めて関釜連絡船を利用して日本に渡るようになった。1917年の在日朝鮮人は1万4500人をこえた。さらに、日本国内の労働力不足を補うため、積極的に朝鮮人を使おうという気運が起きた。それも、紡績、炭鉱、零細工場が中心で、低賃金で過酷な労働条件のところが多かった。そのため、「連絡船は地獄船」と呼ばれるようになった。

1918（大正7）年の米騒動の経験から日本政府は米の国内消費の不足分を朝鮮から移入しようと計画を立てた。この計画の実施により、日本への米の移出量は3・1倍に増加したが、朝鮮人の一人あたりの米穀消費量は9・5キロから6・8キロに減少し、土地を失う農民はさらに増加し、そのつど日本への渡航者は増え続けた。

ところが、1929年の世界恐慌でこの現象は逆転する。倒産、工場閉鎖、操業短縮のなかで、最初に賃金引下げ、解雇の犠牲者になったのは朝鮮人労働者であった。その状況を当時の新聞は「鮮人失業者の洪水　生活に窮して続々帰郷　五千余の帰鮮に渡来者は千名　大正六年来新記録」と報じた（金、前掲書）。

一方、1930年代から関釜連絡船に女性、子ども、老人が少しずつ増えていきだした。それは、出稼ぎで日本に渡った夫、子どもが日本の各地に住居を定めたために呼ばれたり、離ればなれの生活に不安を感じて日本に渡る人が増えた結果であった。

司馬が大阪の鶴橋や猪飼野あたりに「大正時代から朝鮮人が大量に住みついた」と

書いた時代の背景には、そのような事情があった。
金賛汀は前掲書の第7章の「関釜連絡船は地獄船」に1937（昭和12）年に朝鮮で流行した歌謡曲「連絡船は出て行く」の替え歌を紹介している。

何を恨もか　国さえ亡ぶ／家の亡ぶに　不思議はない／運ぶばかりで　帰しちゃくれぬ／連絡船は　地獄船

まさに、朝鮮人にとって、関釜連絡船は亡国の象徴であった。

植民地になるということ⑵　いとしのクレメンタイン

在日朝鮮人詩人の金時鐘に「クレメンタインの歌」というエッセイがある。この「クレメンタインの歌」というのは、現在、中高年の人にはなつかしい、ダーク・ダックスが歌った「雪山讃歌」の原曲である。原曲は1863年に発表された「Down by the River Liv'd a Maiden」とされている。

1848年、カリフォルニアのアメリカン川で発見された砂金が引き金になって、ゴールドラッシュが始まった。翌49年、アメリカをはじめとして全世界から約7万7000人の人々がカリフォルニアに殺到した。彼らの多くは、シェラネバタ山脈のマザーロードを中心とした地域で、採金に従事した。そのなかにクレメンタインという娘を連れていた男がいた。娘の仕事はアヒルを川に連れて行くことであったが、ある日切り株に足をとられて、転んで川に落ちて死んでしまう。それを悼んでできた歌が

「いとしのクレメンタイン」である。

金時鐘は１９２９年に朝鮮・元山（ウォンサン）に生まれ、済州島（チェジュ）で育った。１９４５年８月15日、日本の敗戦＝朝鮮の解放のとき17歳であったが、その日を次のように回顧している。

> 私の国朝鮮は、それまでかつての日本の植民地統治下にあったわけですが、十七になった夏の八月十五日に、突然これがおまえの国だという国を与えられて私はまったく途方にくれたのです。と言いますのも、私は生まれながらにして昭和の〝御代〟の恩恵に浴した世代のひとりでしたので、当然のことのように、日本人になるための勉強をずっとやっていたからです。おかげで私は、朝鮮で生まれて朝鮮の親もとで育っていながら、自分の国についてはからっきし何も知りませんでした。奪われていた、という「祖国朝鮮」が、なんの前ぶれもなしに戻されてきたものの、恥ずかしい話が、私は文字では自分の国の言葉のアイウエオのアも書けない少年だったのです（「私の出会った人々」『「在日」のはざまで』）。

日本は１９３３（昭和13）年に朝鮮教育令を改正し、朝鮮語の授業を必修から選択科目とし、１９４０年に朝鮮語を公（おおやけ）に使うことを禁止し、１９４１年に朝鮮語の授業を廃止した。

朝鮮で朝鮮の少年が、日本人になるために日本の勉強を一生懸命やる。(中略)中日戦争がだんだん激しくなるにつれて、朝鮮人の皇民化教育は、内鮮一体、日本と朝鮮は一つだという国策のもとに推し進められまして、私達はあげて日本人になることに血道をあげるようになっていきました。そのような時勢の中で、新しい日本人になったつもりの私には自分の父が何とも気づまりな存在になっていたのです。

父が嫌いだったわけではありません。それどころか、寡黙な中にもどこか威厳を漂わせている父を、私は大変好いていました。それにも関わらずその父が、日を追って重荷になっていったのです。なぜかと言いますと、使ってはならない「朝鮮語」でしか生活をしない父でありましたし、国民服というのを着せられる時代、昭和十四年、十五年となれば朝鮮服を着て町に出るのはなんとも肩身の狭い時代になりますが、そういうときでも私の父だけは、周衣というコートのような外出用の朝鮮服を着て悠然と町を出歩く。町では青年達が、もちろん朝鮮の青年達ですが、噴霧器に墨をつめまして、朝鮮服で町へ出る人に、よってたかって墨を吹きつけちゃうわけです(「私の出会った人々」『「在日」のはざまで』)。

日本の敗戦は、朝鮮にとって「解放」であり、国中が「万歳! 万歳!」でわき返っていたが、金時鐘は「海征かば」とか「児島高徳の歌」などを歌って涙を流していた。

敗れた日本からも置いてけぼりをくった感じの私が、十日くらいもたった夜更けの突堤の突端で、ふっとなにげなく口を衝いてでた歌が、父がいつも岩場で私のために口ずさんでくれていた朝鮮の歌なのです。その朝鮮の歌というのは後ほどアメリカの民謡だということを知って、少々がっかりしましたが、それでもその歌は、私にとってはかけがえない朝鮮の歌です。父が私にくれた朝鮮の歌であり、私が父に和しえた祈りの歌です。それは、朝鮮の歌詞で歌われる「クレメンタインの歌」です。

ネサランア　ネサランア
ナエサラン　クレメンタイン
ヌルグンエビ　ホンジャトゴ
ヨンヨン　アジョ　カッヌニャ

おお愛よ、愛よ
わがいとしのクレメンタインよ
老いた父ひとりにして
おまえは本当に去ったのか

彼は繰り返し繰り返しこの歌を歌った。「その歌が蘇ることでようやく日本との距離ができてきました」（「クレメンタインの歌」「私の出会った人々」『「在日」のはざまで』所収）と書いている。

海老坂武は『フランツ・ファノン』（『人類の知的遺産78』講談社）で、フランスのアルジェリア植民地化の過程を分析し、「植民地化の歴史は文化強制の歴史であった」として、「フランスの教育制度がアルジェリアに移し入れられたのは一八五〇年であるが、以後九十年近くにわたってアラビア語は学校では教えられなかった」と書いているが、朝鮮もまったく同じであった。

金時鐘は前述のエッセイで「朝鮮で朝鮮をうとましくさせた教育によって個々人の人格は否応（いやおう）もなく失われていき、親子の間にあってさえ、親子が親子でない関係をつくりだした最たるものに、かつての日本がしでかした『朝鮮語廃止』があった」と書いている。

司馬は「概念！　この激烈な」というエッセイで「〝概念の日本人〟である私は、壬辰（じんしん）・丁酉（ていゆう）のとき、豊臣秀吉の兵として朝鮮全土をあらしまわった。また二十世紀初頭まで生きて、大韓帝国を侵略し、これを併合した。さらに長命し、**十五年戦争のときは、朝鮮人の個人と尊厳の象徴である姓名さえとりあげ、かつ日本語を押しつけ、さらには強制労働に就かせ、多くのひとびとを死や一族離散に追いやった。**それでも死ぬことなく、在日韓国・朝鮮人を差別し、就職の機会均等をあたえず、さらには、いわゆる朝鮮戦争において戦争景気で儲けもした」（『以下、無用のことながら』文春文庫所収。太字、引用者）と書いている。

安倍内閣が進めている日朝、日中関係の政策は、事実に目をつぶった「言葉のすりかえ」による以外のなにものでもないだろう。日朝関係の再構築は、こうした司馬のような認識を基礎にしなければならないのだろう。

おわりに

今回の本をまとめる作業を通して痛感したのは、司馬には後ろ向きの言葉がない、ということであった。かれの思想的営為は、学徒出陣にさいしての死の問題から始まるが、それを「若いころ、自分に課していた哲学は、ごく単純なものだった。人間はいさぎよく生きて見苦しくなく死ねばいい、と思い、その思想を充実させるのに、べつに西洋を借りなくてもいいと思っていた」(『愛蘭土紀行I』)と語り、親鸞によって乗り越えてからの司馬には、後ろ向きの言葉がない。その背景には、時代に対する透徹した見方があったからではないか、と思う。

かれが戦後社会の肯定論者であったことは、放送講演で「こんなにいい社会が自分が生きている間に来るとは思わなかった。言論は自由ですし、非常に呼吸のしやすい社会になった。戦後というのは素晴らしい時代ですね。新しい憲法は『ピープル』つまりわれわれ人間、仲間が基本になっていまして、それだけで世の中が明るくなった。ピープルという思想が憲法の中心であります」と語っていることから明らかである

（『「昭和」という国家』として、日本放送出版協会から刊行）。

そして、この立場を終生変えることはなかった。かれは井上ひさしとの対談で次のように語っている。

私は『普通の国』になどならないほうがいいと思ってます。日本は非常に独自な戦後を迎えて、独自な今日の形態にあって、この独自さはいいんだという気持ちがある。（中略）われわれはそれ以外の道を戦後に決めて（砲艦外交や核でもって脅かす外交。引用者）、しかもわれわれの頭にはそれがしっかり染みこんでいるのだから、もうちょっと違った理想的な国をつくるほうに行こうじゃないかと思うんです。日本が特殊の国なら、他の国にもそれを及ぼせばいいのではないかと思います（司馬遼太郎・井上ひさし『国家・宗教・日本人』講談社文庫）。

こうした視点に立って、司馬がみた世界史の教訓は「歴史は本来、そこから知恵や希望を導きだすべきものなのである。でなければ人類は何のために歳月をかさねるのか、無意味になる」（『愛蘭土紀行Ⅱ　街道をゆく31』）というものであった。

環境破壊による地球的危機に直面しているいま、オランダは「抑制こそ文明」というテーゼを打ちだし、日韓問題解決の基本的課題として、ナショナリズムの過度の強調は問題の解決を先に伸ばすだけだという見解が準備されていることは、過去の歴史的教訓から学んだものではないだろうか。人間の本来的歩みと草原の民の生き方にしても、草原の民の文化の保持の問題として、また、少数民族の問題についても、その言語から接近しており、「しかしそれらの言語が（非実用的言語。引用者）人類文化の重要な一部である以上、いずれ、つぎの世紀に、人類が、自民族のワクを超えて〝人類〟というものを自分自身として巨（おお）きくあるいは細く見つめなおす（そのようになるはずである）ときに、稀少語の研究は〝人類〟を概念語でなく、なまな存在として解いてゆく上で重要なカギになるにちがいない」（『愛蘭土紀行Ⅱ』）と断じている。

今、司馬遼太郎を持ち出すことは、決して古いことではない。生きることが困難な時代と言われる今日、拠って立つ社会の理想像を見定め、つき進むことこそ司馬の教訓なのである。

あとがき

今、世界史はブームである。ちょっと書店の棚をのぞくだけで「古代ギリシアから現代までの3000年」を大づかみで理解する新書も出ていれば、混迷する資本主義社会を生き抜くための経済力を世界史によって養おうという本も出ている。

この数年、司馬遼太郎の世界史に対する関心を追体験すると、これでいいのか、という感じを禁じ得なかった。かれの歴史への関心は、本文でもふれたが、自分の生い立ちともからんで、日本史に対する興味から出発しているが、それを世界史の舞台に広げるあたって、かれの心に去来したものは、なんであったのか。

たとえば、バスクの問題であるが、国民がその精神において同感する国家がいかに形成されるか、という問題である。たとえば、アイルランドの問題であるが、国民が「知恵や希望を導き」ださずに、イギリスの支配に対する抵抗だけでよいのか、という問題である。

いずれの問題にしても、そう簡単に答えがでる問題ではないが、それと立ち向かうことなしに、歴史が開かれるということはない。司馬の試みたのは、実利を追うのではなく、精神において、解決しなければならない問題は、避けて通ることはできない、という問題に立ち向かうことではないだろうか。

2015年2月

川原崎　剛雄

引用・参考文献

◎司馬遼太郎著作

『街道をゆく』シリーズ1巻～43巻、朝日新聞社
『風塵抄』中央公論社、1991年
『「昭和」という国家』NHKブックス、1999年
『時代の風音』堀田善衛、宮崎駿との共著、朝日文芸文庫、1997年
『対談集　東と西』朝日文芸文庫、1995年
『手掘り日本史』集英社文庫、1980年
『韃靼疾風録』中央公論社、1987年
『以下、無用のことながら』文春文庫、2004年
『司馬遼太郎が考えたこと1』新潮文庫、2004年
『司馬遼太郎全講演1、2』朝日文庫、2003年
『春灯雑記』朝日文芸文庫、1996年
『この国のかたち1～5』文春文庫、1993～1999年
『長安から北京へ』中公文庫、1979年
『世界のなかの日本』ドナルド・キーンとの共著、中公文庫、1996年
『国家・宗教・日本人』講談社文庫、1999年
『歴史の舞台』中公文庫、1996年
『故郷、忘じがたく候』文春文庫、2004年
『草原の記』新潮文庫、1995年
『菜の花の沖』文春文庫、2000年
『「明治」という国家』日本放送出版協会、1989年
『アメリカ素描』新潮文庫、1989年
『土地と日本人』中公文庫、1980年
『日本人を考える』文春文庫、2014年
『歴史と風土』文春文庫、1998年
『歴史の交差路にて』陳舜臣、金達寿との共著、講談社文庫、1991年

◎司馬遼太郎以外の著作（本文掲載順）

『世界』2014年3月号、岩波書店
テリー・イーグルトン『なぜマルクスは正しかったのか』松本潤一郎訳、河出書房新社、2011年
南塚信吾『世界史なんていらない？』岩波ブックレットNo.714、2007年
羽田正『新しい世界史へ』岩波新書、2011年
法顕『法顕伝（仏国記）』平凡社東洋文庫、1971年
小川幸司『世界史との対話　上』地歴社、2011年
『世界史B用語集』山川出版社
『詳説世界史B』山川出版社
『小学国語　六年　下』大阪書籍
杉山正明ほか『世界の歴史9　大モンゴルの時代』中央公論社、1997年
網野善彦『「日本」とは何か』（『日本の歴史00』講談社、2000年
佐々木高明『日本文化の基層を探る』NHKブックス、1993年
更科源蔵『アイヌと日本人』NHKブックス、1970年
森口豁『沖縄近い昔の旅』凱風社、1999年
高良倉吉『琉球王国』岩波新書、1993年
外間守善『沖縄の歴史と文化』中公新書、1986年

高良倉吉『琉球の時代』筑摩書房、1980年
村上重良『世界宗教辞典』講談社、1987年
松尾剛次『仏教入門』岩波ジュニア新書、1999年
末木文美士『日本仏教史』新潮文庫、1996年
鈴木晟監修、鈴木旭・石川理夫著『面白いほどよくわかる世界史』日本文芸社、2001年
中島健一『河川文明の生態史観』校倉書房、1977年
山崎元一『世界の歴史3　古代インドの文明と社会』中央公論社、1997年
杉山正明『遊牧民から見た世界史』日本経済新聞社、2003年
山田慶兒『制作する行為としての技術』朝日新聞社、1991年
田川純三『杜甫の旅』新潮選書、1993年
森浩一『古代技術の復権』小学館、1994年
リン・ホワイト『機械と神』みすず書房、1972年
阿部謹也『西洋中世の男と女』筑摩書房、1991年
阿部謹也『蘇える中世ヨーロッパ』日本エディタースクール出版部、1987年
井上ひさし『道元の冒険』新潮社、1971年
大江一道『入門　世界歴史の読み方』日本実業出版社、1985年
浜林正夫『魔女の社会史』未来社、1978年
植田重雄『ヨーロッパ歳時記』岩波新書、1983年
福井憲彦『時間と習俗の社会史』新曜社、1986年
『W・B・イェイツ全詩集』鈴木弘訳、北星堂書店、1982年
堀越智『アイルランドの反乱』三省堂、1970年
山本紀夫『ジャガイモのきた道』岩波新書、2008年
伊藤章治『ジャガイモの世界史』中公新書、2008年
北山晴一『世界の食文化16　フランス』農山漁村文化協会、2008年
堀越智『アイルランド民族運動の歴史』三省堂、1979年
角山榮『生活の世界歴史10　命と民衆』河出書房新社、1975年
江原恵『カレーライスの話』三一書房、1983年
伊東俊太郎『文明の誕生』講談社学術文庫、1988年
ジャック・アリエール『バスク人』萩尾生訳、白水社、1992年
E・ウィリアムズ『コロンブスからカストロまでI』川北稔訳、岩波書店、1978年
森正人『大衆音楽史』中公新書、2008年
高橋哲雄『アイルランド歴史紀行』ちくまライブラリー、1991年
山脇悌二郎『長崎のオランダ商館』中公新書、1980年
『世界史詳覧』浜島書店、1997年
阿部謹也『中世を旅する人びと』平凡社、1978年
太田雄三『英語と日本人』講談社学術文庫、1995年
松本亨『英語と私』英友社、1958年
川又一英『ニコライの塔』中公文庫、1992年
マクドナルド『日本回想記　インディアンの見た幕末の日本』刀水書房、1979年
T・ゼルディン『フランス人』垂水洋子訳、みすず書房、1989年

富田仁『西洋料理がやってきた』東京書籍、1983年
フェルナン・ブローデル『地中海』藤原書店、2004年
臼井隆一郎『コーヒーが廻り世界史が廻る』中公新書、1992年
C・ウィルソン『オランダ共和国』平凡社、1971年
フリードリッヒ・シラー『オランダ独立史』岩波文庫、1949年
マックス・ウェーバー『プロテスタンティズムの倫理と資本主義の精神』大塚久雄訳、岩波文庫、1989年
I・ウォーラーステイン『近代世界システムI』川北稔訳、岩波現代選書、1981年
I・ウォーラーステイン『史的システムとしての資本主義』川北稔訳、岩波書店、1985年
阿部謹也『ヨーロッパ中世の宇宙観』講談社学術文庫、1991年
ヘルマン・ハインペル『人間とその現在』阿部謹也訳、未来社、1991年
ミルトン『失楽園』平井正穂訳、岩波文庫、1981年
トマス・アクィナス『神学大全』山田晶訳、中央公論社、1980年
フランクリン『フランクリン自伝』松本慎一・西川正身訳、岩波文庫
平川佑弘『進歩がまだ希望であった頃』講談社学術文庫、1990年
富田虎男「フランクリン」『人物世界史2』山川出版社、1995年
河野實『日本の中のオランダを歩く』彩流社、1999年
子安宣邦『江戸思想史講義』岩波書店、1998年
ヨーゼフ・クライナー『江戸・東京の中のドイツ』安藤勉訳、講談社学術文庫、2003年
アラン・ドゥコー『フランス女性の歴史3』渡辺高明訳、大修館書店、1980年
ステファン・ツヴァイク『マリー・アントワネット』高橋禎二他訳、岩波文庫、1980年
メリメ『カルメン』杉捷夫訳、岩波文庫、1960年
矢島文夫『知的な冒険への旅』中公文庫、1994年
井上ひさし『吉里吉里人』新潮文庫、1985年
テッサ・モーリス・スズキ「マイノリティと国民国家の未来」『日本の歴史25　日本はどこへ行くのか』講談社、2010年
堀田善衛『情熱の行方』岩波新書、1982年
村上重良「胡椒と霊魂のために」『世界歴史物語5　西洋のひろがり』河出書房、1956年
堀田善衛『NHK人間大学　時代と人間』1992年
若桑みどり『フィレンツェ』文藝春秋、1994年
徳永恂・小岸昭『インド・ユダヤ人の光と闇』新曜社、2005年
水島司他『世界の歴史14　ムガル帝国から英領インドへ』中央公論社、1998年
飯沼二郎『大航海時代のイベリア』中公新書、1981年
堀田善衛『ゴヤI　スペイン・光と闇』新潮社、1974年
フランク・マコート『アンジェラの灰』新潮社、1998年
阿部謹也『物語　ドイツの歴史』中公新書、1998年
阿部謹也『中世の星の下で』ちくま学芸文庫、2010年

堀田善衛『ゴヤ3　巨人の影に』新潮社、１９７６年
藤木久志『雑兵たちの戦場』朝日新聞社、１９９５年
藤木久志『日本の歴史15　織田・豊臣政権』小学館、
　１９７５年
上田和子『おいしい古代ローマ物語』原書房、２００１年
ジアン・パオロ・チェゼラーニ『コロンブスの航海』吉田悟郎
　訳、評論社、１９７９年
加藤九祚『シベリアの歴史』紀伊國屋新書、１９６３年
川又正智『ウマ駆ける古代アジア』講談社選書メチエ、
　１９９４年
橘南谿『東西遊記』平凡社東洋文庫、１９７４年
尹健次『きみたちと朝鮮』岩波ジュニア新書、１９９１年
山片蟠桃『夢の代』中央公論社、１９７１年
小谷野敦『バカのための読書術』ちくま新書、２００１年
吉村昭『漂流記の魅力』新潮新書、２００３年
ゴローニン『日本幽囚記』井上満訳、岩波文庫、１９４３年
福沢諭吉『新訂　福翁自伝』岩波文庫、１９７８年
高野明『日本とロシア』紀伊國屋新書、１９７１年
辻静雄『フランス料理の手帖』新潮社、１９８３年
『朝鮮を知る事典』平凡社、１９８６年
服部幸應『コロンブスの贈り物』ＰＨＰ研究所、１９９９年
締木信太郎『パンの百科』中公文庫、１９８０年
宮崎正勝『世界史の海へ』小学館、１９９７年
大江一道・山崎利男『物語　世界史への旅』山川出版社、
　１９８１年
落合淳思『古代中国の虚像と実像』講談社現代新書、
　２００９年

川田順造『日本を問い直す』青土社、２０１０年
竹内昭夫『四書五経』平凡社東洋文庫、１９６５年
小倉芳彦他『教養人の東洋史　上』現代教養文庫、１９６６年
尾藤正英『江戸時代とはなにか』岩波書店、１９９２年
宮崎市定『科挙』中公新書・文庫、１９６３年、１９８４年
佐野学『清朝社会史』文求堂、１９４７年
『季刊三千里』第42号、１９８５年
尾藤正英『日本文化の歴史』岩波新書、２０００年
小島毅『靖国史観』ちくま新書、２００７年
黄宗羲『明夷待訪録』平凡社東洋文庫、１９６４年
岡本隆三『意外史　中国四千年』新人物往来社、１９８５年
武田泰淳『司馬遷』講談社、１９６５年
葛洪『抱朴子』岩波文庫、平凡社東洋文庫、１９９７年、
　１９９０年
井波律子『酒池肉林』講談社学術文庫、２００３年
『新編　東洋史辞典』東京創元社、１９８０年
金時鐘『「在日」のはざまで』平凡社、２００１年
姜在彦『玄界灘に架けた歴史』朝日文庫、１９９３年
日韓共通歴史教材制作チーム編著『日韓共通歴史教材　学び、
　つながる日本と韓国の近現代史』明石書店、２０１３年
金達寿『我がアリランの歌』岩波文庫、１９８７年
金賛汀『関釜連絡船』朝日選書、１９８８年
海老沢武『フランツ・ファノン』講談社、１９８１年

著者紹介

川原崎 剛雄（かわらさき・たけお）
法政大学大学院日本史学専攻博士課程中退。
駿台予備学校世界史科専任講師、筑波大学付属高校世界史・日本史講師を歴任。
著書に『司馬遼太郎と網野善彦――「この国のかたち」を求めて』（明石書店）、『ザックリわかる世界史――流れがわかるともっと楽しくなる』（新人物往来社）などがある。

司馬遼太郎がみた世界史
――歴史から学ぶとはどういうことか

2015年3月20日　初版第1刷発行

著　者　川原崎剛雄
発行者　石井昭男
発行所　株式会社　明石書店
〒101-0021　東京都千代田区外神田6-9-5
電　話　03 (5818) 1171
FAX　03 (5818) 1174
振　替　00100-7-24505
http://www.akashi.co.jp
装　幀　明石書店デザイン室
印刷　株式会社文化カラー印刷
製本　本間製本株式会社

（定価はカバーに表示してあります）　ISBN978-4-7503-4106-4